Uma canção de Natal

Uma canção de Natal

Charles Dickens

Tradução: José Rubens Siqueira

Editora Peixoto Neto

ISBN: 978-85-7169-002-8

Coleção Contos de Bolso
Volume 6, 1ª edição – São Paulo, 2018

© Copyright da edição: Editora Peixoto Neto Ltda.

Coordenação editorial: João Baptista Peixoto Neto
Edição e pesquisa editorial: Raquel Toledo e Cecília Floresta
Preparação: Arthur Tertuliano
Revisão: Livia Azevedo Lima
Projeto gráfico e editoração: Sophia Seibel Chassot

Dados Internacionais de Catalogação na Publicação (CIP)

D548	Dickens, Charles (1812 - 1870) Um conto de Natal / Charles Dickens. Tradução de José Rubens Siqueira. – São Paulo: Peixoto Neto, 2018. 104 p. Título original: A Christmas Carol. ISBN 978-85-7169-002-8 1. Literatura Inglesa. 2. Contos. 3. Conto Inglês. 4. Literatura Clássica. I. Título. II. Siqueira, José Rubens, Tradutor. III. Dickens, Charles John Huffam (1812 – 1870). CDU 821.111 CDD 820

Todos os direitos desta edição estão reservados à
Editora Peixoto Neto Ltda.
Rua Teodoro Sampaio 1765, cj. 44, Pinheiros – 05405-150
São Paulo, SP, Brasil – tel.: (11) 3060-2600
editora@peixotoneto.com.br – www.peixotoneto.com.br

Primeira estrofe
O fantasma de Marley 7
Segunda estrofe
O primeiro dos três espíritos 29
Terceira estrofe
O segundo dos três espíritos 49
Quarta estrofe
O último espírito 75
Quinta estrofe
O fim 93

Primeira estrofe

O fantasma de Marley

Para começar, Marley estava morto. Não restava a menor dúvida. O registro de seu funeral estava assinado pelo clérigo, pelo escrivão, pelo agente funerário e o pelo chefe do luto. Scrooge tinha assinado. E, na Bolsa, o nome de Scrooge era respeitado em tudo que tocasse.

O velho Marley estava mais morto que um prego de porta.

Veja bem! Não pretendo dizer que saiba, em sã consciência, o que existe de particularmente morto num prego de porta. De minha parte, estaria mais inclinado a considerar um prego de caixão de defunto como a coisa mais morta das ferragens no comércio. Mas, nessa comparação se encontra a sabedoria de nossos ancestrais; e não pretendo questioná-la com minhas mãos profanas, senão seria o fim do mundo. Marley estava morto como um prego de porta.

Scrooge sabia que ele estava morto? Claro que sabia. Como poderia ser diferente? Scrooge e ele eram sócios há não sei quantos anos. Scrooge era seu único testamenteiro, seu único administrador, seu único signatário, seu único herdeiro, seu único amigo, o único a ficar de luto por ele. E mesmo ele não se abalou muito com o triste acontecimento: Scrooge, que era excelente homem de negócios, no mesmo dia do funeral o celebrou com um acordo muito vantajoso.

A menção ao funeral de Marley me leva de volta ao ponto em que comecei. Não havia a menor dúvida de que Marley estava morto. Isso tem de ser muito bem entendido, senão nada de maravilhoso haverá na história que vou contar. Se não estivermos absolutamente convencidos de que o pai de Hamlet morreu antes da peça começar, não haverá nada de excepcional no fato de ele dar um passeio à noite, ao vento leste, em suas próprias muralhas, assim como não haveria em qualquer outro cavalheiro de meia-idade surgir de repente depois do anoitecer em algum lugar ventoso – no adro da igreja de St. Paul, por exemplo – para literalmente assombrar a mente fraca do próprio filho.

Scrooge nunca apagou o nome do Velho Marley. Anos depois, ainda estava lá acima da porta do estabelecimento: Scrooge e Marley. A firma era conhecida como Scrooge & Marley. As pessoas novas no ramo às vezes chamavam Scrooge de Scrooge e às vezes o chamavam de Marley, mas ele respondia por ambos os nomes. Para ele, era tudo a mesma coisa.

Ah! Mas ele era um pão-duro muito afiado, Scrooge! ele apertava, arrancava, agarrava, raspava, pressionava, o velho pecador avarento! Duro e seco como pederneira de que nenhum aço conseguia tirar uma faísca generosa; secreto e fechado, solitário como uma ostra. O frio dentro dele congelava as velhas feições, aguçava o nariz em ponta, enrugava a face, enrijecia seu passo; deixava seus olhos vermelhos e os lábios finos, azuis; e se manifestava astutamente em sua voz rouca. Havia uma fria geada em sua cabeça e sobrancelhas, e no queixo barbudo. Levava sua baixa temperatura sempre com ele; congelava o escritório nos dias de calor; e não degelava nem um grau no Natal.

Calor e frio externos tinham pouco efeito sobre Scrooge. Nenhum calor conseguia aquecê-lo, nenhum clima de inverno podia esfriá-lo. Nenhum vento que soprava era mais brusco que ele, nenhuma neve que caía mais determinada em seu propósito, nenhuma pancada de chuva menos aberta a súplicas. O mau tempo não sabia o que fazer com ele. A chuva mais pesada, a neve, o granizo, só podiam se gabar de uma vantagem sobre ele. Eles sempre "paravam" lindamente, e Scrooge nunca.

Ninguém jamais o parava na rua para dizer, com ar alegre: "Meu caro Scrooge, como vai? Quando vai me visitar?". Nenhum mendigo lhe implorava uma esmola, nenhuma criança perguntava as horas, nenhum homem ou mulher nem uma única vez na vida dele perguntou a Scrooge o caminho para um lugar ou outro. Até mesmo os cães de cegos pareciam conhecê-lo; e quando o viam chegando, escondiam seus donos em portas e quintais; e abanavam o rabo como se dissessem: "Melhor não ter olho que ter olho mau, meu senhor!".

Mas Scrooge pouco se importava! Gostava exatamente disso. Seguir em frente através da multidão dos caminhos, alertando toda simpatia humana a manter distância, era o que os entendidos chamavam de "prazer".

Uma vez – de todos os dias do ano, justamente na véspera de Natal –, estava Scrooge ocupado em sua tesouraria. O tempo frio, cortante, sombrio, enevoado. Ele ouvia as pessoas do lado de fora que ofegavam para cima e para baixo, batiam as mãos no peito e os pés nas pedras do chão para se aquecer. Os relógios da cidade tinham acabado de marcar três horas da tarde, mas já estava bem escuro – o dia inteiro não fora claro – e velas tremulavam nas janelas dos escritórios vizinhos, como manchas vermelhas no palpável ar marrom. A neblina se infiltrava em cada frincha e buraco de fechadura, tão densa lá fora que embora a viela fosse das mais estreitas, as casas do outro lado eram meros fantasmas. Ao ver a nuvem densa baixar, escurecendo tudo, podia-se pensar que a Natureza ali se instalara, a fumegar em larga escala.

A porta da tesouraria de Scrooge estava aberta para ele poder ficar de olho em seu funcionário que copiava cartas numa pequena cela triste, uma espécie de nicho. Scrooge tinha uma estufa muito pequena, mas o fogo da estufa do funcionário era tão menor que parecia uma única brasa. Mas ele não podia alimentá-la porque Scrooge mantinha a caixa de carvão em sua sala; e com toda certeza se o funcionário entrasse com a pá, o patrão declararia que eles teriam que se separar. Diante disso, o funcionário se enrolou no cachecol branco e tentou se aquecer com a vela, esforço no qual fracassou, visto que não era homem de grande imaginação.

"Feliz Natal, tio! Deus te proteja!", exclamou uma voz alegre. Era a voz do sobrinho de Scrooge, que aparecera diante dele tão depressa que só então ele se deu conta de sua chegada.

"Ora!," disse Scrooge. "Que bobagem!"

Ele havia se aquecido tanto ao andar depressa na neve e na neblina, esse sobrinho de Scrooge, que estava todo acalorado, o rosto vermelho e bonito, os olhos brilhantes e a respiração se condensava.

"Natal, uma bobagem, tio!", disse o sobrinho de Scrooge. "Tenho certeza de que o senhor não quis dizer isso."

"Quis, sim," disse Scrooge. "Feliz Natal! Que direito você tem de ser feliz? Que razão tem para ser feliz? Você é bem pobre."

"Ora," retomou o sobrinho, alegremente. "Que direito o senhor tem de ficar triste? Que razão tem para ser rabugento? O senhor é bem rico."

Como não tinha uma resposta pronta de imediato, Scrooge disse: "Ora!" outra vez, e completou com "que bobagem!".

"Não se zangue, tio!", disse o sobrinho.

"Como não me zangar," respondeu o tio, "quando vivo num mundo cheio de idiotas como este? Feliz Natal! Dane-se o Natal! O que é o Natal para você além de um tempo de pagar contas sem dinheiro; tempo de se ver um ano mais velho, mas nem uma hora mais rico; tempo de fazer o balanço dos livros e descobrir que cada item neles ao longo de doze meses não rendeu nada? Se dependesse de mim," disse Scrooge, indignado, "todo idiota que vai por aí dizendo Feliz Natal devia ferver na própria sopa e ser enterrado com uma estaca no coração. Devia, sim!"

"Tio!", apelou o sobrinho.

"Sobrinho!", replicou o tio, severo, "festeje o Natal do seu jeito e me deixe festejar do meu."

"Festejar!", repetiu o sobrinho de Scrooge. "Mas o senhor não festeja."

"Então me deixe em paz," disse Scrooge. "Para o seu próprio bem! Para o seu próprio bem sempre!"

"Muitas coisas são para meu próprio bem, mas que eu não aproveitei, acho," respondeu o sobrinho. "O Natal entre outras. Mas sei que sempre pensei no Natal, quando vem chegando – sem falar da veneração devida ao seu nome e origem sagrados, se é que se pode separar essas coisas – como uma linda data, uma data agradável de bondade, perdão, caridade, única época que eu conheço, no longo calendário do ano, em que homens e mulheres parecem se permitir abrir os corações fechados e pensar em seus subalternos como se fossem realmente parceiros da viagem para o túmulo, e não uma espécie diferente de criaturas, com caminhos diferentes. E portanto, tio, mesmo nunca tendo servido para pôr um pouquinho de ouro ou prata no meu bolso, acredito que me fez bem, sim, e vai me fazer bem. E por isso eu digo, bendito seja!"

O funcionário do nicho aplaudiu involuntariamente. Percebeu de imediato a impertinência, cutucou o fogo e apagou a última frágil fagulha para sempre.

"Se eu ouvir mais um som," disse Scrooge, "você fica com seu Natal e perde seu emprego! Você é um bom orador, sobrinho," acrescentou, voltando-se para ele. "Não entendo como ainda não está no Parlamento."

"Não fique bravo, tio. Vamos lá! Venha jantar conosco amanhã."

Scrooge disse que ia com ele era para o... sim, disse, de fato. Usou a expressão inteira e disse que preferia encontrar com ele nesse lugar extremo.

"Mas por quê?", exclamou o sobrinho de Scrooge. "Por quê?"

"Por que você casou?", Scrooge perguntou.

"Porque me apaixonei."

"Porque se apaixonou!", Scrooge rosnou como se fosse a única coisa no mundo mais ridícula que o Natal. "Boa tarde!"

"Não, tio, o senhor nunca foi me ver antes disso acontecer. Por que usar isso como desculpa para não ir agora?"

"Boa tarde," disse Scrooge.

"Não quero nada do senhor, não estou pedindo nada, por que não podemos ser amigos?"

"Boa tarde," disse Scrooge.

"Sinto muito, de todo coração, ver o senhor tão decidido. Nunca tivemos nenhum desentendimento de que eu tenha participado. Mas fiz esta tentativa em homenagem ao Natal e vou manter meu espírito de Natal até o fim. Portanto, feliz Natal, tio!"

"Boa tarde!", disse Scrooge.

"E Um Feliz Ano-Novo!"

"Boa tarde!", disse Scrooge.

Apesar de tudo, o sobrinho saiu da sala sem nenhuma palavra de aborrecimento. Parou na porta para desejar boas festas ao funcionário, que, mesmo com frio, foi mais cálido que Scrooge, pois retribuiu cordialmente.

"Está aí outro sujeito," resmungou Scrooge, que ouviu o que ele disse, "meu funcionário, a quinze xelins por semana, mulher e filhos, falando de Natal feliz. Vou me internar no hospício de Bedlam."

Esse lunático, ao abrir a porta para o sobrinho de Scrooge sair, deixou entrar outras duas pessoas. Eram cavalheiros imponentes, de boa aparência, agora parados com o chapéu na mão no escritório de Scrooge. Traziam livros e papéis, e curvaram-se para ele.

"Scrooge & Marley acredito", disse um deles, consultando sua lista. "Tenho o prazer de me dirigir ao sr. Scrooge ou ao sr. Marley?"

"O sr. Marley morreu há sete anos", Scrooge respondeu. "Morreu há sete anos, nesta mesma noite."

"Não temos dúvidas de que a generosidade dele está bem representada por seu sócio sobrevivente," disse o cavalheiro, apresentando suas credenciais.

Estava mesmo, porque eles eram almas gêmeas. Diante do agouro da palavra "generosidade", Scrooge franziu a testa, sacudiu a cabeça e devolveu as credenciais.

"Neste momento festivo do ano, sr. Scrooge", disse o cavalheiro, e pegou uma caneta, "é mais do que nunca desejável que se faça uma ligeira contribuição aos pobres e desamparados que muito sofrem nesta época. Muitos milhares estão carentes do absolutamente necessário; centenas de milhares carecem do bem-estar comum, meu senhor."

"E não há prisões?", Scrooge perguntou.

"Muitas prisões", disse o cavalheiro, baixando a caneta.

"E os asilos de trabalho sindicais?", perguntou Scrooge. "Continuam em atividade?"

"Continuam. Ainda", respondeu o cavalheiro. "Gostaria de poder dizer que não."

"O Moinho Correcional e a Lei dos Pobres estão em vigor, não?", perguntou Scrooge.

"Ambos muito ocupados, meu senhor."

"Ah! Pelo que o senhor disse antes, temi que tivesse acontecido alguma coisa interrompendo sua útil atividade", disse Scrooge. "Fico contente de saber."

"Convencidos de que eles não fornecem a devida alegria cristã de corpo ou alma para a multidão", retorquiu o cavalheiro, "alguns de nós estamos empenhados em levantar fundos para comprar comida e bebida e meios de aquecimento para os pobres. Escolhemos esta época porque é o momento em que mais se sente a necessidade e mais alegra a abundância. Quanto devo marcar para o senhor?"

"Nada!", Scrooge respondeu.

"O senhor quer ficar anônimo?"

"Quero é que me deixem em paz", disse Scrooge. "Como me perguntam o que eu quero, cavalheiros, essa é a minha resposta. Eu não me alegro com o Natal e não me permito alegrar os preguiçosos. Colaboro para manter os estabelecimentos que mencionei – que já custam bastante. E os que estão passando necessidade devem ir para lá."

"Muitos não podem ir, e muitos prefeririam morrer."

"Se preferem morrer", disse Scrooge, "melhor morrerem para diminuir o excesso de população. Além disso, me desculpem, mas não estou sabendo de nada disso."

"Mas deveria saber", observou o cavalheiro.

"Não tenho nada com isso", Scrooge replicou. "Já basta um homem entender do seu negócio e não se meter com o dos outros. O meu me ocupa constantemente. Boa tarde, cavalheiros!"

Vendo claramente que seria inútil insistir, os cavalheiros se retiraram. Scrooge retomou seu trabalho satisfeito consigo mesmo e com humor mais alegre que o seu normal.

Nesse meio-tempo, a neblina e a escuridão ficaram tão densas que pessoas corriam com tochas acesas se oferecendo para seguir à frente dos cavalos das carruagens e iluminar o caminho. A torre antiga de uma igreja, cujo velho sino rouco Scrooge espiava furtivamente através de uma janela gótica na parede, ficou invisível e marcava as horas e meias horas nas nuvens, com trêmulas vibrações posteriores, como se estivesse batendo os dentes em sua cabeça congelada lá no alto. O frio ficou intenso. Na esquina da rua principal com a viela, alguns trabalhadores consertavam o encanamento de gás e tinham acendido uma grande fogueira num braseiro, em torno do qual se reunira um grupo de homens e meninos esfarrapados aquecendo as mãos e piscando os olhos, enlevados diante do fogo. O bebedouro, abandonado à solidão e mal-humorado, congelou seu vazamento que se transformou em gelo misantropo. A claridade das lojas, onde guirlandas estrelejavam ao calor das luzes nas vitrines, avermelhava os rostos pálidos que passavam. As quitandas e avícolas transformavam-se em uma esplêndida anedota: uma gloriosa apresentação que parecia não ter nada a ver com princípios tão grosseiros como compra e venda. O lorde prefeito, na fortaleza de sua majestosa residência, deu ordem a seus cinquenta cozinheiros e mordomos para celebrar o Natal como era devido à família de um prefeito; até mesmo o pequeno alfaiate que ele havia multado em cinco xelins na segunda-feira anterior por estar bêbado e violento nas ruas, preparava o bolo de amanhã em sua água-furtada, enquanto a magra esposa tinha saído com o bebê para comprar carne.

Ainda mais neblina e mais frio. Frio penetrante, agudo, cortante. Se o bom são Dunstan tivesse esfriado o nariz do Espírito Maligno com um toque desse clima, em vez de usar suas armas de sempre, ele teria então urrado com muita razão. O dono de um pequeno nariz jovem, mordido e amortecido pelo frio feroz como ossos são roídos por cães, curvou-se diante do buraco da fechadura de Scrooge para brindá-lo com uma canção de Natal: mas ao primeiro som de

> "*Que Deus te guarde, ó bom senhor!*
> *De todo e qualquer dissabor!*"

Scrooge pegou a régua com tamanha violência que o cantor fugiu, apavorado, e deixou a fechadura por conta do frio e do gelo ainda mais apropriado.

Por fim, chegou a hora de fechar a contadoria. De má vontade, Scrooge desceu de seu banquinho e admitiu tacitamente esse fato para o funcionário à espera em seu nicho, que imediatamente apagou a vela e pôs o chapéu.

"Acredito que vai querer o dia inteiro amanhã?", disse Scrooge.

"Se for conveniente, senhor."

"Não é conveniente", disse Scrooge, "e nem justo. Se eu descontasse meia coroa por isso, você ia se achar prejudicado, estou certo?"

O moço deu um leve sorriso.

"E, no entanto", disse Scrooge, "você não acha que *eu* saio prejudicado, quando pago o dia para você não trabalhar."

O funcionário observou que era apenas uma vez no ano.

"Desculpa esfarrapada para explorar o bolso de um homem todo dia vinte e cinco de dezembro!", disse Scrooge enquanto abotoava o sobretudo até o queixo. "Mas vamos dizer que vai ter o dia inteiro amanhã. Esteja aqui mais cedo na manhã seguinte."

O moço prometeu que viria e Scrooge saiu com um grunhido. Fechou o escritório num piscar de olhos e o moço, com as pontas longas do cachecol branco balançando abaixo da cintura (porque não tinha sobretudo), desceu vinte vezes escorregando a Cornhill atrás de um bando de meninos, em honra da noite de Natal e depois correu para casa em Camden Town o mais depressa possível, para brincar de cabra-cega.

Scrooge sentou para seu jantar melancólico na melancólica taverna de sempre e depois de ler todos os jornais e passar um bom tempo examinando a caderneta do banco, foi para casa e para a cama. Morava nos aposentos que um dia pertenceram a seu sócio falecido. Era um sombrio conjunto de cômodos num prédio baixo em um pátio onde ficava tão deslocado que era quase impossível não pensar que tinha corrido para ali quando era uma casa nova, brincando de esconde-esconde com outras casas, e depois esqueceu o caminho de volta. Estava agora bem velha e tristonha, porque além de Scrooge ninguém morava ali, as outras salas todas alugadas para escritórios. O pátio era tão escuro que mesmo Scrooge, que conhecia cada pedra, tinha de ir tateando. A neblina e o gelo cobriam de tal forma o velho portão preto da casa que parecia que o gênio do clima tinha sentado ali a meditar no batente.

Ora, é fato que não havia nada especial na aldrava da porta, a não ser que era muito grande. Era fato também que Scrooge a vira toda noite e manhã ao longo de sua residência ali; e também que Scrooge tinha em si tão pouco do que se chama de imaginação, como qualquer homem da cidade de Londres, inclusive mesmo – o que é uma palavra ousada – a corporação, os conselheiros, e os fardados. Tenha-se também em mente que Scrooge não tinha pensado nem uma única vez em Marley desde sua última menção dessa tarde ao sócio falecido sete anos antes. E então que alguém me explique, se puder, como aconteceu de Scrooge, ao pôr a chave na fechadura da porta, ver na aldrava, sem sofrer nenhum processo intermediário de transformação, não a aldrava, mas o rosto de Marley.

O rosto de Marley. Não era escuro e impenetrável como os outros objetos do pátio, mas tinha uma luz mortiça em torno dele, como uma lagosta estragada numa despensa escura. Não estava zangado nem feroz, mas olhava para Scrooge como Marley costumava olhar: com os óculos espectrais no alto da testa espectral. O cabelo estava curiosamente em movimento, como se soprado por um alento ou ar quente e embora os olhos estivessem bem abertos, eram absolutamente imóveis. Isso e sua cor lívida o tornavam horrível, mas o horror parecia existir apesar do rosto e fora de seu controle, mais do que como parte de sua própria expressão.

Enquanto Scrooge olhava fixamente, esse fenômeno virou aldrava outra vez.

Dizer que ele não ficou assustado ou que seu sangue não registrou uma terrível sensação que não sentia desde a infância não seria verdadeiro. Mas ele pegou a chave que tinha largado, girou-a com firmeza, entrou e acendeu a vela.

Ele *de fato* fez uma pausa, num momento de irresolução, antes de fechar a porta e *de fato* olhou cautelosamente atrás dela primeiro, como se de alguma forma esperasse se ver aterrorizado com a visão do rabo de cavalo de Marley pelo lado de dentro. Mas não havia nada na parte de trás da porta, a não ser os parafusos e porcas que prendiam a aldrava, então ele disse "Ora! Ora!", e bateu a porta com ruído.

O som ecoou por toda a casa como um trovão. Todos os quartos de cima e todos os barris da adega do comerciante de vinho embaixo pareceram emitir seus próprios ecos. Scrooge não era um homem de se assustar com ecos. Trancou a porta, atravessou o hall, subiu bem devagar a escada, ajeitando a vela enquanto avançava.

Pode-se falar vagamente sobre levar uma carruagem de seis cavalos por um lance de escada acima, ou atravessar um recente mau Ato do Parlamento, mas o que eu quero dizer é que dava para subir com um carro funerário por aquela escada, e de lado, com as barras voltadas para a parede, a porta para a balaustrada – e com facilidade. Havia muito espaço para isso e ainda sobrava, razão pela qual, talvez, Scrooge julgou ver uma locomotiva fúnebre à sua frente no escuro. Meia dúzia de lampiões de gás da rua não bastariam para iluminar bem o hall de entrada, então pode-se imaginar que estava bem escuro com a vela de Scrooge.

Lá se foi Scrooge escada acima, sem se importar nada com isso. Escuro é barato e disso Scrooge gostava. Mas antes de fechar a porta pesada, ele passou pelos cômodos para ver se estava tudo em ordem. A lembrança que ainda tinha do rosto o levou a querer isso.

Sala, quarto, despensa de lenha. Estava tudo como devia estar. Ninguém debaixo da mesa, ninguém debaixo do sofá, um pequeno fogo na grelha, colher e tigela prontas e, no suporte, a panelinha de mingau (Scrooge estava resfriado). Ninguém debaixo da cama, ninguém dentro do armário, ninguém atrás de seu roupão pendurado em atitude suspeita contra a parede. Depósito de lenha como sempre. Velho guarda chamas, sapatos velhos, dois cestos de peixe, bacia em seu tripé e um atiçador.

Satisfeito, ele fechou a porta e se trancou ali dentro, com duas voltas, o que não era seu costume. Assim garantido contra qualquer surpresa, tirou a gravata, vestiu o roupão, calçou os chinelos, pôs o gorro de dormir e sentou-se diante da lareira para tomar seu mingau.

Era um fogo muito baixo, de fato, quase nada numa noite tão fria. Ele foi obrigado a sentar bem perto e teve de se encolher sobre ele até conseguir extrair uma mínima sensação de calor de um tal punhado de carvão. A lareira era antiga, construída por algum comerciante holandês muito tempo atrás e decorada por toda a volta com estranhos ladrilhos holandeses, ilustrados com as Escrituras. Havia Cains e Abéis, filhas de Faraó, Rainha de Sabá, mensageiros angélicos baixando no ar sobre nuvens que pareciam colchões de plumas, Abraões, Belchazares, apóstolos partindo para o mar em barcos, centenas de figuras para atrair seus pensamentos. E, no entanto, aquele rosto de Marley, morto há sete anos, vinha como o antigo bastão do profeta e engolia tudo. Se cada ladrilho liso estivesse em branco, com o poder de dar forma a alguma figura em sua superfície a partir dos fragmentos de pensamento de Scrooge, haveria em todos eles uma cópia da cabeça do velho Marley.

"Bobagem!", disse Scrooge, e caminhou pela sala.

Depois de várias voltas, tornou a sentar-se. Ao repousar a cabeça para trás na poltrona, seu olhar pousou por acaso em um sino, um sino fora de uso que havia na sala e se comunicava com alguma finalidade, ora esquecida, com um quarto no andar mais alto do edifício. Foi com imensa perplexidade e um estranho e inexplicável temor, que viu o sino começar a balançar. Balançava tão suavemente no começo que mal fazia som, mas logo tocou bem alto, assim como todos os sinos da casa.

Isso pode ter demorado meio minuto, um minuto, mas pareceu uma hora. Os sinos pararam como tinham começado, juntos. Seguiu-se a ele um retinir, vindo muito lá de baixo, como se uma pessoa estivesse arrastando uma pesada corrente sobre os barris do comerciante de vinho. Scrooge então se lembrou de ter ouvido dizer que fantasmas em casas assombradas arrastavam correntes.

A porta do porão se abriu com som de trovão e ele então ouviu o barulho muito mais alto, nos andares abaixo, que subia a escada e vinha diretamente para sua porta.

"Ainda é bobagem!", disse Scrooge. "Não vou acreditar."

Mas sua cor mudou quando, sem nenhuma pausa, o ruído atravessou a porta pesada e passou para dentro do quarto diante de seus olhos. Com sua entrada, a chama que morria se avivou, como se gritasse: "Eu sei quem é ele: o fantasma de Marley!", e diminuiu de novo.

O mesmo rosto, o mesmo. Marley com seu rabo de cavalo, o colete de sempre, meias altas, botas, as borlas destas arrepiadas assim como o rabo de cavalo, como as abas do paletó, como o cabelo em sua cabeça. A corrente ele levava amarrada na cintura. Estendia-se, longa, atrás dele como um rabo. Era feita (pois Scrooge a observou atentamente) de cofres, chaves, cadeados, livros-razão, testamentos e bolsas pesadas tecidas com aço. Seu corpo era transparente, de forma que Scrooge, ao observá-lo, podia ver, através do colete, os dois botões de trás do casaco.

Scrooge tinha ouvido dizer muitas vezes que Marley não tinha entranhas, mas nunca acreditara, até agora.

Não, nem mesmo agora acreditava. Embora olhasse o fantasma com absoluta atenção e o visse parado em sua frente, embora sentisse a gélida influência de frieza mortal de seus olhos e observasse a própria textura do lenço dobrado amarrado do queixo à cabeça, invólucro que não tinha observado antes, ainda estava incrédulo e lutava com os próprios sentidos.

"Pois então!", disse Scrooge, cáustico e frio como sempre. "O que você quer de mim?"

"Muita coisa!", era a voz de Marley, sem dúvida alguma.

"Quem é você?"

"Pergunte quem eu *era*."

"Então, quem você *era*?", Scrooge perguntou, erguendo a voz. "É bem exigente para uma sombra." Ia dizer "*enquanto sombra*", mas achou assim mais adequado.

"Em vida, fui o seu sócio, Jacob Marley."

"Você... você pode sentar?", Scrooge perguntou, com um olhar de dúvida.

"Posso."

"Então sente."

Scrooge fez a pergunta porque não sabia se um fantasma tão transparente encontrava-se em condição de ocupar uma cadeira e sentiu que, no caso de ser impossível, exigiria uma explicação embaraçosa. Mas o fantasma se sentou do lado oposto da lareira, como se estivesse bem acostumado a isso.

"Você não acredita", observou o fantasma.

"Não", Scrooge respondeu.

"Que prova você teria da minha realidade além da prova dos seus sentidos?"

"Não sei", disse Scrooge.

"Por que duvida dos próprios sentidos?"

"Porque qualquer coisinha afeta nossos sentidos", disse Scrooge. "Uma ligeira indisposição de estômago altera os sentidos. Você pode ser um pedaço de carne indigesta, um pouco de mostarda, um pedaço de queijo, um fragmento de batata malcozida. Seja lá o que for, você é mais molho que morte!"

Scrooge não tinha o costume da fazer piadas, nem sentia de forma alguma em seu coração vontade de brincar. A verdade é que ele tentou ser engraçado como um meio de distrair a própria atenção e controlar seu terror, porque a voz do espectro o perturbava até a medula.

Scrooge sentia que ficar sentado, olhando aqueles olhos fixos e vidrados, em silêncio por um momento, ia ser terrível para ele. Havia algo muito horrível no fato de o espectro ser dotado de uma atmosfera infernal toda própria. Scrooge não conseguia senti-la em si, mas estava claro que era esse o caso, pois – embora o fantasma estivesse absolutamente imóvel, o cabelo – as abas da roupa e as borlas se agitavam como se pelo vapor de um forno.

"Está vendo este palito de dente?", Scrooge perguntou, voltando logo à carga, desejoso, pelas razões mencionadas, mesmo que por um segundo apenas, de desviar de si próprio o olhar pétreo da aparição.

"Estou", disse o fantasma.

"Você não está olhando para ele", Scrooge falou.

"Mas mesmo assim estou vendo", disse o fantasma.

"Então!", Scrooge replicou. "Basta eu engolir isto aqui e pelo resto dos meus dias serei perseguido por uma legião de duendes, todos de minha própria invenção. Bobagem, estou dizendo! Bobagem!"

Nesse momento, o espírito deu um grito assustador e sacudiu a corrente com um ruído tão funesto e apavorante que Scrooge agarrou-se à poltrona para evitar desfalecer. Mas ainda maior foi seu horror quando o fantasma tirou a bandagem que envolvia sua cabeça, como se estivesse muito calor para usá-la dentro de casa, e seu queixo pendeu até o peito!

Scrooge caiu de joelhos e juntou as mãos diante do rosto.

"Tenha piedade!", falou. "Horrenda aparição, por que me perturba?"

"Homem de alma profana!", exclamou o fantasma. "Acredita em mim ou não?"

"Acredito", disse Scrooge. "Tenho de acreditar. Mas por que espíritos vagam pela terra e por que aparecem para mim?"

"De todo homem se exige", respondeu o fantasma, "que o espírito dentro dele vagueie entre seus semelhantes e viaje muito e longe. E se o espírito não faz isso em vida, é condenado a fazer depois da morte. Condenado a vagar pelo mundo – ah! ai de mim! – e assistir aquilo de que não pode participar, mas de que devia ter participado em terra e transformado em felicidade!"

Mais uma vez o espírito deu um grito, sacudiu a corrente e retorceu as mãos de sombra.

"Você está acorrentado", disse Scrooge, tremendo. "Me conte por quê."

"Uso a corrente que forjei em vida", replicou o fantasma. "Foi feita por mim, elo a elo, e metro a metro. Eu mesmo me amarrei de livre e espontânea vontade e uso a corrente por vontade própria. O jeito dela é estranho para *você*?"

Scrooge tremia cada vez mais.

"Ou será que sabe", continuou o fantasma, "o peso e o tamanho da forte cadeia que você mesmo leva? Ela era tão pesada e comprida quanto esta, sete Natais atrás. Você continuou trabalhando nela. É uma corrente considerável!"

Scrooge olhou o chão em torno de si, esperando se ver cercado por cinquenta ou sessenta jardas de cabo de aço, mas não viu nada.

"Jacob", ele implorou. "Meu velho Jacob Marley, fale mais. Me console, Jacob!"

"Não tenho como", o fantasma respondeu. "A consolação vem de outras regiões, Ebenezer Scrooge, e é fornecida por outros ministros, para homens de outro tipo. Não posso também lhe dizer o que gostaria. Muito pouco a mais me é permitido. Não posso descansar, não posso ficar, não posso permanecer em lugar nenhum. Meu espírito nunca foi além de nossa contadoria – escute bem! – em vida o meu espírito nunca foi além dos limites de nosso buraco de contar dinheiro e agora longas jornadas me esperam!"

Era hábito de Scrooge, sempre que estava pensando, enfiar as mãos nos bolsos da calça. Ponderando sobre o que o fantasma havia dito, ele o fez agora, mas sem erguer os olhos, nem se erguer dos joelhos.

"Você deve ter demorado muito com isso, Jacob", Scrooge observou, com um jeito direto, embora com humildade e deferência.

"Demorei!", o fantasma repetiu.

"Sete anos morto", Scrooge divagou. "E viajando esse tempo todo!"

"O tempo todo", disse o fantasma. "Sem descanso, sem paz. Incessante tortura do remorso."

"Você viaja depressa?", Scrooge perguntou.

"Nas asas do vento", replicou o fantasma.

"Deve ter percorrido grandes distâncias em sete anos", disse Scrooge.

Ao ouvir isso, o fantasma soltou outro grito e sacudiu a corrente tão pavorosamente no silêncio da noite que o zelador teria toda razão de denunciar o incômodo.

"Ah! cativo, preso e acorrentado," exclamou o fantasma, "por não saber das eras de trabalho incessante de criaturas imortais, pois esta terra passará à eternidade antes que se desenvolva todo o bem de que é suscetível. Não saber que qualquer espírito cristão agindo com bondade em sua pequena esfera, seja qual for, verá que sua vida mortal é curta demais para seus vastos meios de ser útil. Não saber que nenhum espaço de remorso pode compensar as oportunidades desperdiçadas de uma vida! No entanto, assim era eu! Ah! eu assim era!"

"Mas você sempre foi um bom homem de negócios, Jacob," gaguejou Scrooge, que começara a aplicar tudo isso a si mesmo.

"Negócios!", exclamou o fantasma e esfregou as mãos outra vez. "A humanidade era meu negócio. O bem estar comum era meu negócio: caridade, misericórdia, tolerância e benevolência eram, todas, meu negócio. Os atos de meu trabalho eram apenas uma gota de água no vasto oceano de meus negócios!"

Ele ergueu a corrente com o braço estendido, como se ela fosse a causa de todo inútil sofrimento e a deixou cair pesadamente ao chão outra vez.

"Nesta época do ano", disse o espectro, "é que eu mais sofro. Por que passei pelo meio de multidões de semelhantes com os olhos baixos e nunca os ergui para a estrela abençoada que conduziu os homens sábios a um pobre abrigo! Não havia lares pobres aos quais sua luz pudesse *me* conduzir?"

Scrooge ficou muito aflito de ver que o espectro seguia nesse rumo e começou a tremer muito.

"Escute!", exclamou o fantasma. "Meu tempo está quase se esgotando."

"Escuto", disse Scrooge. "Mas não seja duro comigo! Sem muitos floreios, Jacob! Por favor!"

"Como estou na sua frente numa forma que você consegue enxergar eu não sei dizer. Sentei invisível a seu lado muitos e muitos dias."

Não era uma ideia agradável. Scrooge estremeceu e enxugou o suor da testa.

"Não é uma parte fácil de meu castigo", prosseguiu o fantasma. "Aqui estou esta noite para alertar que você ainda tem uma chance e esperança de escapar de um destino igual ao meu. Uma chance e esperança de mim para você, Ebenezer."

"Você sempre foi um bom amigo para mim", disse Scrooge. "Sou grato!"

"Você será assombrado", retomou o fantasma, "por três espíritos."

A expressão de Scrooge se fechou tanto quanto a do fantasma.

"Essa é a chance e esperança de que falou, Jacob?", ele perguntou, com voz incerta.

"É, sim."

"Eu... eu acho que prefiro não receber", disse Scrooge.

"Sem a visita deles", disse o fantasma, "você não tem esperança de escapar do caminho que eu trilho. Espere o primeiro amanhã, quando o sino tocar uma hora."

"Não dá para eu receber todos de uma vez e acabar logo com isso, Jacob?", insinuou Scrooge.

"Espere o segundo na noite seguinte, à mesma hora. O terceiro na noite seguinte, quando a última badala da meia-noite parar de vibrar. Olhe para mim porque não me verá mais. E cuide, para seu próprio bem, de lembrar o que ocorreu entre nós!"

Ao dizer essas palavras, o espectro pegou o lenço de cima da mesa e amarrou na cabeça, como antes. Scrooge sabia disso pelo estalo dos dentes quando os maxilares se juntaram pela bandagem. Ele se aventurou a erguer os olhos de novo e encontrou seu visitante sobrenatural o confrontando em atitude ereta, com a corrente enrolada no braço.

A aparição se afastou dele e a cada passo que dava, a janela subia um pouquinho, de forma que quando o espectro chegou a ela, estava toda aberta.

Ele pediu que Scrooge se aproximasse, o que ele fez. Quando estavam a dois passos um do outro, o fantasma de

Marley ergueu a mão, alertando que não se aproximasse mais. Scrooge parou.

Não tanto por obediência, mas por surpresa e medo, pois com a mão que se ergueu ele tomou consciência de confusos ruídos no ar, sons incoerentes de lamentação e remorso, gemidos indizivelmente tristes e autoacusatórios. Depois de ouvir por um momento, o espectro juntou-se ao triste rumorejar e flutuou para a noite escura e fria.

Scrooge seguiu até a janela, desesperado de curiosidade. Olhou para fora.

O ar estava cheio de fantasmas, vagando para cá e para lá inquietos e apressados, e gemendo ao se deslocar. Cada um usava uma corrente como a do fantasma de Marley, uns poucos (que deviam ser governantes culpados) estavam amarrados juntos; nenhum era livre. Muitos tinham conhecido pessoalmente Scrooge em suas vidas. Era bem familiar um velho fantasma de colete branco com um monstruoso cofre de ferro preso ao tornozelo, que chorava de dar pena por não ser capaz de ajudar uma pobre mulher com seu filho que viu abaixo, numa porta. A desgraça deles todos era claramente que queriam interferir para o bem em questões humanas, mas haviam perdido o poder de fazê-lo.

Ele não soube dizer se essas criaturas se desmancharam na névoa ou se a névoa as envolveu. Mas elas e as vozes espirituais desapareceram juntas e a noite voltou a ser como era quando ele chegou em casa.

Scrooge fechou a janela e examinou a porta por onde o fantasma havia entrado. Estava travada com duas voltas, que ele trancara com as próprias mãos e os parafusos estavam em seus lugares. Ele tentou dizer "Bobagem!", mas parou na primeira sílaba. E precisando muito de repouso pela emoção que passou, ou pelas fadigas do dia, ou pelo vislumbre do mundo invisível, ou pela baça conversa com o fantasma, ou pelo avançado da hora, foi direto para a cama, sem se despir, e adormeceu imediatamente.

Segunda estrofe

O primeiro dos três espíritos

Quando Scrooge acordou, estava tão escuro que da cama ele mal conseguia distinguir a janela transparente das paredes opacas do quarto. Esforçava-se para penetrar o escuro com seus olhos de furão, para quando as badaladas de uma igreja próxima tocassem os quatro quartos. Ele então esperou pela hora.

Para sua grande surpresa, o pesado sino foi das seis para as sete, das sete para as oito e regularmente até as doze e então parou. Doze! Passava das duas quando foi para a cama. O relógio estava errado. Seu mecanismo devia ter congelado. Doze!

Apertou o botão de seu despertador para corrigir o relógio ridículo. Sua pulsação rápida marcou doze e parou.

"Ora, não é possível que eu tenha dormido um dia inteiro e mais uma parte de outra noite," disse Scrooge. "Não é possível que tenha acontecido alguma coisa com o sol e agora seja doze horas, meio-dia!"

Como era uma ideia alarmante, ele saiu da cama e tateou até a janela. Foi forçado a limpar o gelo com a manga do roupão antes de conseguir ver alguma coisa, e conseguiu ver muito pouco. Tudo que distinguia era que ainda havia muita neblina, que o frio era extremo, que não havia ruído de gente indo e vindo, em grande confusão, como seria inquestionável se a noite tivesse derrotado a luz do dia e dominado o mundo. Isso era um grande alívio porque "três dias a partir desta data pagarei ao sr. Ebenezer Scrooge ou à sua ordem" e assim por diante teria se transformado em mera letra de câmbio da crise dos Estados Unidos, se não houvesse contagem de dias.

Scrooge voltou para a cama e pensou, pensou, e pensou muitas e muitas vezes e não conseguiu entender nada. Quanto mais pensava, mais perplexo ficava e quando mais se esforçava por não pensar, mais pensava.

O fantasma de Marley o perturbara tremendamente. Cada vez que ele se decidia internamente, depois de maduro exame, que tinha sido tudo um sonho, sua mente voltava atrás, como uma mola que se solta até a primeira posição e apresentava o mesmo problema a ser resolvido: "Foi um sonho ou não?".

Scrooge ficou nesse estado até o sino tocar mais três quartos de hora, então se lembrou, de repente, que o fantasma tinha alertado de uma visita quando o sino tocasse uma hora. Resolveu ficar acordado até passar essa hora e, considerando que podia tanto dormir quanto ir para o céu, essa foi talvez a decisão mais sábia em seu poder.

Os quinze minutos foram tão longos que mais de uma vez se convenceu de que devia ter cochilado inconscientemente e perdido a hora. Ele por fim soou em seu ouvido.

"Ding, dong!"
"E quinze", disse Scrooge, contando.
"Ding, dong!"
"E meia!", Scrooge falou.
"Ding, dong!"
"Quinze para", disse Scrooge.
"Ding, dong!"
"Uma hora", disse Scrooge triunfante, "e nada!"

Falou antes que soasse a hora, que então veio com uma badalada profunda, surda, cava. Nesse instante, brilhou no quarto uma luz e as cortinas da cama se abriram.

Abriram-se, afirmo, por uma mão. Não a cortina dos pés, nem a cortina de trás, mas a cortina para onde seu rosto estava voltado. As cortinas da cama se abriram e Scrooge, tentando sentar-se de repente, se viu cara a cara com o visitante de outro mundo que as abrira – tão próximo quanto eu estou de você e eu estou parado em espírito junto a seu cotovelo.

Era uma estranha figura – como uma criança, porém não tanto como criança, mas como velho, visto através de algum meio sobrenatural que lhe dava a aparência de ter recuado à vista e diminuído à proporção de uma criança. O cabelo que pendia pelo pescoço e pelas costas era branco como o de um velho e, no entanto, o rosto não tinha uma única ruga e havia na pele grande maciez. Os braços eram muito longos e musculosos, a mãos igualmente, como se seu toque fosse de força incomum. As pernas e pés, de extrema delicadeza de formas, estavam nus, assim como os membros superiores. Usava uma túnica do mais puro branco e, em torno da cintura, um cinto lustroso, cujo brilho era belo. Trazia na mão um ramo fresco de azevinho e num singular contraste com esse emblema do inverno, tinha a roupa enfeitada com flores de verão. Mas a coisa mais estranha a seu respeito era que, do alto da cabeça, subia um jato de luz brilhante, que tornava tudo isso visível e que, sem dúvida, por ocasião de seu uso em momentos mais sombrios, era escondido por um capuz que ele agora levava debaixo do braço.

Mesmo isso, porém, quando Scrooge olhou para ele com maior firmeza, *não* era sua qualidade mais estranha. Pois seu cinto faiscava e cintilava, ora num ponto, ora noutro, e o que era luminoso num instante, em outro era escuro, de forma que a figura em si flutuava em sua nitidez, sendo ora uma coisa com um braço, ora com uma perna, ora com vinte pernas, ora com um par de pernas sem cabeça, ora uma cabeça sem corpo; dessas partes dissolventes nem um contorno permanecia visível no denso escuro em que se dissolviam. E na própria maravilha disso tudo, era ele mesmo outra vez, mais nítido e mais claro que nunca.

"É o senhor o espírito cuja vinda me foi anunciada?", Scrooge perguntou.

"Sou eu!"

A voz era suave e delicada. Singularmente baixa, como se em vez de estar tão perto dele, estivesse à distância.

"Quem e o que é o senhor?", Scrooge perguntou.

"Sou o fantasma dos Natais Passados."

"Passados há muito tempo?", Scrooge inquiriu, observando sua pequena estatura.

"Não. O seu passado."

Talvez, se alguém perguntasse, Scrooge não conseguisse dizer a ninguém por que, mas tinha um desejo especial de ver o espírito com seu capuz e implorou a ele que se cobrisse.

"O quê!", exclamou o fantasma, "você prefere extinguir com mãos terrenas a luz que eu emito? Não basta ser você um daqueles cujas paixões fizeram este capuz e que me forçam a usá-lo enfiado até a testa ao longo de muitos anos?"

Reverente, Scrooge desmentiu qualquer intenção de ofender ou qualquer conhecimento de ter voluntariamente "encapuzado" o espírito em qualquer momento de sua vida. E então reuniu coragem para perguntar o que o trazia ali.

"Seu bem-estar!", disse o fantasma.

Scrooge expressou sua gratidão, mas não conseguiu deixar de pensar que uma noite de sono ininterrupto teria sido melhor para esse fim. O espírito deve ter ouvido seu pensamento porque imediatamente disse:

"Ou sua recuperação. Atente bem!"

Estendeu a mão forte ao falar e o pegou delicadamente pelo braço.

"Levante-se e venha comigo!"

Seria inútil Scrooge argumentar que o tempo e a hora não eram próprios para propósitos pedestres, que a cama estava quente e o termômetro muito abaixo de zero, que vestia apenas os chinelos, o roupão leve e a touca de dormir e que naquele momento estava resfriado. O toque, embora delicado como o da mão de uma mulher, não permitia resistência. Ele se levantou, mas vendo que o espírito ia para a janela, fechou o roupão, suplicante.

"Eu sou mortal", Scrooge protestou, "e posso cair."

"Sinta apenas o toque de minha mão *aqui*!", disse o espírito com a mão pousada no coração dele, "e será sustentado ainda mais que nisto aqui!"

Enquanto ele dizia as palavras, passaram através da parede e estavam numa estrada bucólica, com campos abertos de ambos os lados. A cidade desaparecera totalmente. Não se via nem um vestígio dela. O escuro e a névoa haviam desaparecido com ela, e era um dia claro e frio de inverno, com neve no chão.

"Deus do céu!", Scrooge exclamou, juntando as mãos e olhando em torno. "Eu cresci neste lugar. Eu fui criança aqui!"

O espírito olhou para ele com suavidade. Seu toque delicado, embora tivesse sido leve e instantâneo, parecia ainda presente no tato do velho Scrooge. Ele tinha consciência de mil aromas flutuando no ar, cada um ligado a mil pensamentos, esperanças, alegrias e cuidados há muito, muito tempo esquecidos!

"Seu lábio está tremendo", disse o fantasma. "E o que é isso em seu rosto?"

Scrooge resmungou, com um tom estranho na voz, que era uma verruga e implorou que o fantasma o levasse onde tinham de ir.

"Lembra do caminho?", perguntou o espírito.

"Eu me lembro!", Scrooge exclamou com fervor. "Posso ir de olhos fechados."

"Estranho que tenha esquecido dele durante tantos anos!", observou o fantasma. "Vamos em frente."

Caminharam pela estrada e Scrooge reconhecia cada portão, poste, árvore, até aparecer à distância uma pequena aldeia, com sua ponte, igreja e rio sinuoso. Viram-se então alguns cavalinhos de crina comprida trotando na direção deles, montados por meninos que saudavam outros meninos em charretes e carroças, guiadas por camponeses. Todos esses meninos estavam muito animados e gritavam uns para os outros, até o vasto campo se encher a tal ponto de alegre música que o ar fresco ria ao ouvir!

"Não passam de sombras, de coisas do passado," disse o fantasma. "Eles não têm consciência de nós."

Viajantes animados avançavam e, ao se aproximarem, Scrooge conhecia e sabia o nome de todos. Por que tanto se alegrava ao vê-los? Por que seus olhos frios brilhavam e o coração saltava no peito quando eles passavam? Por que ficava tão cheio de alegria quando os ouvia dizerem uns aos outros "Feliz Natal", ao se separarem em cruzamentos ou desvios, para suas diversas casas? O que era Feliz Natal para Scrooge? Dane-se o Feliz Natal! De que lhe tinha valido?

"A escola não está totalmente deserta," disse o fantasma. "Uma criança solitária, esquecida pelos amigos, ainda está lá."

Scrooge disse que sabia. E chorou.

Saíram da estrada principal para uma bem lembrada alameda e logo chegaram a uma mansão de tijolos vermelhos sem brilho, com uma pequena cúpula, encimada por um galo-cata-vento no telhado e um sino pendurado. Era uma casa grande, mas de fortuna perdida, pois as salas espaçosas tinham pouco uso, as paredes eram úmidas, mofadas, as janelas quebradas e os portões em decadência. Aves grasnavam e passeavam no estábulo e os barracões e garagem de carroças estavam cobertos de mato. No interior também nada retinha seu antigo estado, pois ao entrar no saguão sombrio e olhar através das portas abertas para as muitas salas, viram que eram pouco mobiliadas, frias, vastas. Havia um sabor de terra no ar, um despojamento gelado no lugar, que se associava de alguma forma ao ato de levantar à luz de velas e não ter muito para comer.

O fantasma e Scrooge atravessaram o saguão de entrada, até uma porta nos fundos da casa. Ela se abriu diante deles e revelou uma sala longa, melancólica, que ficava ainda mais nua pelas fileiras de carteiras e mesas simples. Em uma delas, um menino solitário lia perto de um tênue fogo. Scrooge sentou-se numa carteira e chorou ao ver o seu pobre eu esquecido.

Nem um eco latente na casa, nem um chiado e passo dos camundongos atrás dos painéis, nem o gotejar do bebedouro semicongelado no triste pátio dos fundos, nem um suspiro entre os galhos sem folhas do choupo desalentado, nem o fortuito movimento da porta de uma despensa vazia, nem um estalido do fogo, mas tudo caiu no coração de Scrooge com uma mansa influência, dando passagem livre a suas lágrimas.

O espírito tocou seu braço e apontou seu eu mais jovem, atento à leitura. De repente, um homem com roupa estrangeira, incrivelmente majestoso e distinto de se ver, parou do lado de fora da janela, com um machado no cinto e levando pela rédea um asno carregado de lenha.

"Nossa, é Ali Babá!", Scrooge exclamou em êxtase. "Meu querido, velho e honesto Ali Babá! É, é, eu sei! Houve um Natal em que esse menino solitário foi deixado aqui sozinho e ele *de fato* veio, pela primeira vez, sem nenhuma razão especial. Pobre menino! E Valentim", disse Scrooge, "e seu irmão furioso, Orson, lá vão eles! E como é o nome daquele ali, que deixaram seminu, dormindo, no portal de Damasco, não está vendo! E o cavalariço do sultão virado de cima para baixo pelo gênio, lá está apoiado na cabeça! Bem feito para ele. Fico contente. Quem mandou *ele* se casar com a princesa!"

Ouvir Scrooge se estendendo com toda animação de sua natureza sobre esses assuntos, com uma voz extraordinária, entre choro e riso e ver seu rosto afogueado, excitado, teria, de fato, muito surpreendido seus colegas de negócios na cidade.

"E ali o Papagaio!", exclamou Scrooge. "Corpo verde e rabo amarelo, com uma coisa igual uma alface no alto da cabeça, lá está ele! Pobre Robin Crusoé, disse o papagaio, quando ele voltou para casa depois de navegar em torno da ilha. 'Pobre Robin Crusoé, por onde andou, Robin Crusoé?' O homem achou que estava sonhando, mas não estava. Era o Papagaio, sabe? Lá vai Sexta-feira, correndo até a enseada para salvar a própria vida! Vai! Opa! Depressa!"

Em seguida, numa rápida transição muito fora do comum em seu caráter, ele disse, com pena de seu antigo eu: "Pobre menino!". E chorou outra vez.

"Eu queria", Scrooge murmurou, com a mão no bolso e, olhando em torno, enxugou os olhos com o lenço, "mas agora é tarde demais."

"O que foi?", perguntou o espírito.

"Nada", disse Scrooge. "Nada. Noite passada, um menino cantou uma canção de Natal na minha porta. Eu devia ter dado alguma coisa para ele, só isso."

O fantasma sorriu, pensativo e abanou a mão ao dizer: "Vamos ver outro Natal!".

O antigo eu de Scrooge cresceu um bocado diante dessas palavras e a sala ficou um pouco mais escura e suja. Os painéis encolheram, as janelas racharam, fragmentos de estuque caíram do teto revelando as ripas nuas, mas como tudo isso aconteceu Scrooge não sabia mais do que você. Apenas sabia que estava tudo certo, que tudo havia acontecido assim, que ele ali estava, sozinho outra vez, quando todos os outros rapazes tinham ido para casa gozar suas alegres férias.

Ele não lia agora, mas caminhava de um lado para o outro, desesperado. Scrooge voltou-se para o fantasma e com um lamentoso menear da cabeça olhou ansiosamente a porta.

Ela se abriu e uma menina pequena, muito mais nova que o rapaz, entrou correndo, pôs os braços em torno de seu pescoço, deu-lhe muitos beijos, dirigindo-se a ele como "querido, querido irmão."

"Eu vim para levar você para casa, irmão querido!", disse a menina, batendo as mãozinhas e curvou-se para rir. "Levar você para casa, para casa, para casa!"

"Para casa, Fan?", o rapaz perguntou.

"É!", disse a menina, transbordante de alegria. "Para casa, para sempre. Para casa, para sempre e sempre. Papai está tão mais bondoso do que era, que a casa ficou como o céu! Ele falou tão delicado comigo uma bela noite, quando fui para a cama, que não senti medo de perguntar mais uma vez se você podia voltar para casa. E ele disse que sim, que podia e me mandou de carruagem buscar você. E você vai ser um homem!", disse a menina, de olhos bem abertos, "e nunca mais vai voltar aqui. Mas primeiro nós temos de passar o Natal inteiro juntos, e vai ser o tempo mais alegre do mundo."

"Você já é quase uma mulher, Fan!", o rapaz exclamou.

Ela bateu palmas, riu e tentou tocar a cabeça dele, mas como era muito pequena, riu de novo e ficou na ponta dos pés para abraçá-lo. Então, ela começou a puxá-lo, em sua animação infantil, na direção da porta, e ele, sem resistir, foi com ela.

No saguão, uma voz terrível exclamou: "Desça o baú do jovem Scrooge para cá!", e ali apareceu o próprio professor, que olhou para o jovem Scrooge com uma feroz condescendência e o lançou em um horrível estado mental ao apertar sua mão. Ele então levou Scrooge e sua irmã para a sala de visitas que era a mais gelada que já se tinha visto, onde os mapas na parede e os globos terrestre e celeste nas janelas estavam brilhantes de frio. Ali pegou uma garrafa de um vinho curiosamente leve e um pedaço de bolo curiosamente pesado e distribuiu porções dessas iguarias ao jovens, ao mesmo tempo que mandava o magro criado oferecer um copo de "alguma coisa" ao mensageiro que respondeu que agradecia ao cavalheiro, mas que se era a mesma bebida que havia experimentado antes, preferia recusar. Com o baú do jovem Scrooge já então amarrado no alto da carruagem, as crianças se despediram do professor bem aliviadas, embarcaram e seguiram alegremente pelo caminho do jardim, as rodas rápidas quebrando a geada e a neve que cobria as folhas escuras dos pinheiros.

"Ela sempre foi uma criatura delicada, sensível a um mero sopro," disse o fantasma. "Mas tinha um grande coração!"

"Tinha, sim", exclamou Scrooge. "Tem razão. Nem se discute, espírito. Deus nos livre!"

"Morreu moça", disse o fantasma, "mas creio que teve filhos."

"Um filho", Scrooge respondeu.

"Verdade", disse o fantasma. "Seu sobrinho!"

Scrooge pareceu inquieto mentalmente e respondeu apenas: "Ele".

Embora tivessem acabado de deixar a escola naquele momento, estavam agora na movimentada avenida da cidade, onde os sombrios transeuntes passavam e repassavam, onde carros e carruagens disputavam espaço e onde havia toda a agitação e tumulto de uma cidade real. Ficou bem claro, pela decoração das lojas, que ali também era época de Natal outra vez, mas já quase noite e as ruas estavam iluminadas.

O fantasma parou na porta de certa mercearia e perguntou se Scrooge conhecia o local.

"Conheço!", disse Scrooge. "Fui aprendiz aí!"

Entraram. Ao ver um velho cavalheiro com peruca galesa sentado sobre um estrado tão alto que se fosse centímetros maior ele bateria a cabeça no teto, Scrooge exclamou, muito animado:

"Ora, é o velho Fezziwig! Benzadeus: é Fezziwig vivo de novo!"

O velho Fezziwig deixou a pena e olhou o relógio que marcava as sete horas. Esfregou as mãos, ajeitou o colete imenso, e todo risonho, dos sapatos até o seu órgão da benevolência, chamou com uma voz confortável, macia, rica, forte, jovial:

"Alô, vocês! Ebenezer! Dick!"

O eu antigo de Scrooge, agora um jovem adulto, entrou rapidamente, acompanho por seu companheiro.

"Dick Wilkins, claro!", Scrooge disse ao fantasma. "Valha-me Deus, é ele. Ele mesmo. Era muito ligado a mim, o Dick. Pobre Dick! Nossa, nossa!"

"Alô, meus rapazes!", disse Fezziwig. "Basta de trabalho por hoje. Noite de Natal, Dick. Natal, Ebenezer! Vamos colocar as grades", exclamou o velho Fezziwig, batendo palmas, "num piscar de olhos!"

Você não ia acreditar na rapidez com que os meninos obedeceram! Correram para a rua com as grades – um, dois, três – colocaram nos lugares – quatro, cinco, seis – travaram e trancaram – sete, oito, nove – e voltaram antes que se pudesse contar até doze, ofegantes como cavalos de corrida.

"Muito bem!", exclamou o velho Fezziwig, descendo da mesa alta com incrível agilidade. "Arrumem tudo, meus rapazes, e vamos abrir um bom espaço aqui! Vamos, Dick! Depressa, Ebenezer!"

Arrumar! Não havia nada que eles não arrumassem ou não pudessem guardar com o velho Fezziwig olhando. Tudo feito num minuto. Cada objeto em seu lugar, como se removido da vida pública para todo o sempre, o chão varrido e lavado, os pavios dos lampiões aparados, lenha empilhada na lareira e a mercearia estava confortável e quente, seca, clara como se gostaria de ver um salão de baile em uma noite de inverno.

Chegou um violinista com suas partituras e subiu ao tablado alto, fez dele uma orquestra e afinou o instrumento como se fossem cinquenta gemidos de cólica. Chegou a sra. Fezziwig com um vasto e substancial sorriso. Chegaram as três senhoritas Fezziwigs, sorridentes e adoráveis. Chegaram seis jovens admiradores cujos corações elas haviam partido.

Chegaram todos os rapazes e moças que trabalhavam na loja. Chegou a criada, com seu primo, o padeiro. Chegou a cozinheira com o amigo próximo de seu irmão, o leiteiro. Chegou o menino do outro lado da rua, que desconfiavam não receber comida suficiente de seu patrão e que tentava se esconder atrás da moça do vizinho duas portas adiante, que comprovadamente levava puxões de orelha de sua patroa. Entraram todos, uns depois dos outros, alguns tímidos, outros ousados, alguns elegantes, alguns desajeitados, alguns a empurrar, outros a puxar, entraram todos de todo modo e de qualquer modo. E lá se foram vinte casais de uma vez, rodando de mãos dadas para um lado, e de novo para o outro lado, para o meio e para trás de novo, rodando e rodando em vários estágios de afetuoso agrupamento, o velho casal principal sempre no lugar errado, o novo casal principal começando de novo assim que chegava no lugar, por fim todos casais principais e nenhum secundário para ajudar! Quando se chegou a isso, o velho Fezziwig bateu palmas para interromper a dança e exclamou: "Muito bem!", e o violinista mergulhou o rosto acalorado numa caneca de cerveja fornecida especialmente para a ocasião. Mas desprezou a pausa, retomou e começou de novo imediatamente, embora não houvesse ainda dançarinos, como se o outro violinista tivesse sido carregado para casa exausto em cima de uma grade, e ele fosse um homem todo novo, decidido a vencer ou morrer.

Houve mais danças, houve jogo de prendas, e mais danças, bolo, ponche, uma grande peça de rosbife frio, uma grande peça de cozido frio, tortas e muita cerveja. Mas o grande efeito da noite, depois do rosbife e do cozido, foi quando o violinista (muito esperto, sabe? o tipo de homem que conhecia seu ofício melhor que você e eu poderíamos explicar!) atacou a quadrilha "Sir Roger de Coverley". O velho Fezziwig se levantou para dançar com a sra. Fezziwig. O casal principal também, com um belo acompanhamento para eles: vinte e três ou vinte e quatro casais, gente que não estava para brincadeira, *queriam* dançar mas não sabiam nem andar.

Mas mesmo que fossem o dobro – ah, o quádruplo – o velho Fezziwig estava à altura de todos eles, assim como a sra. Fezziwig. Quanto a *ela*, estava à altura dele em todos os sentidos do termo. Se isso não é um grande elogio, me ensine outro que eu uso. Positivamente, as panturrilhas de Fezziwig pareciam emitir luz. Brilhavam em todas as partes da dança, como luas. Em nenhum momento se podia prever o que fariam a seguir. E quando o velho Fezziwig e a sra. Fezziwig chegaram ao fim de todos os passos da dança: *anavan* e *returnê*, duas mãos para o parceiro, cumprimento e mesura, caracol, serrote e de volta a seu lugar, Fezziwig saltou – saltou com tanta habilidade que parecia ter piscado com as pernas e caiu de novo em pé sem nem oscilar.

Quando o relógio bateu onze horas, esse baile doméstico se encerrou. O sr. e a sra. Fezziwig assumiram seus lugares, cada um de um lado da porta e apertaram a mão de cada um individualmente à medida que saíam, desejando a todos um Feliz Natal. Quando todos tinham se retirado, menos os dois aprendizes, fizeram o mesmo com eles. E assim as vozes alegres morreram ao longe e os rapazes foram para suas camas, que ficavam debaixo de um balcão nos fundos da loja.

Durante todo esse tempo, Scrooge agiu como um homem fora de si. Seu coração e sua alma estavam na cena, junto com seu antigo eu. Ele corroborou tudo, lembrou de tudo, gostou de tudo e experimentou uma estranha agitação. Só então, quando os rostos alegres de seu antigo eu e de Dick se afastaram deles, lembrou-se do fantasma e tomou consciência de que não tirava os olhos dele, enquanto a luz de sua cabeça brilhava muito clara.

"Não custa quase nada", disse o fantasma, "deixar esses tolos cheios de gratidão."

"Quase nada!", Scrooge repetiu.

O espírito apontou para ele ouvir os dois aprendizes que desmanchavam o coração em elogios a Fezziwig e quando ele obedeceu, disse assim:

"Ora! Não é verdade? Ele gastou apenas umas poucas libras de seu dinheiro mortal, três ou quatro, talvez. Será tanto que mereça todo esse elogio?"

"Não é isso", disse Scrooge que, exaltado com a observação, falou inconscientemente como seu antigo eu, não o atual. "Não é isso, espírito. Ele tem o poder de nos deixar felizes ou infelizes, de tornar nosso trabalho leve ou pesado, um prazer ou um esforço. Digamos que seu poder está nas palavras e nas aparências, em coisas tão pequenas e insignificantes que não se pode somar nem contar. E então? A felicidade que ele proporciona é quase tão grande como se custasse uma fortuna."

Ele sentiu o olhar do fantasma e calou-se.

"O que foi?", perguntou o fantasma.

"Nada de mais", respondeu Scrooge.

"Alguma coisa foi, eu acho...", o fantasma insistiu.

"Não", disse Scrooge. "Não. Eu gostaria de dizer uma palavrinha para o meu funcionário agora. Só isso."

Seu antigo eu apagou as luzes assim que ele manifestou esse desejo e Scrooge e o fantasma estavam de novo lado a lado ao ar livre.

"Meu tempo está acabando", observou o espírito. "Rápido!"

Não dirigiu essas palavras a Scrooge nem a ninguém que se pudesse ver, mas elas produziram efeito imediato. Pois uma vez mais Scrooge viu a si mesmo. Estava mais velho agora, um homem na flor da idade. Seu rosto não tinha as marcas ásperas e rígidas dos últimos anos, mas começara a demonstrar sinais de preocupação e avareza. Havia um movimento ansioso, ambicioso, inquieto no olhar que demonstrava a paixão que se enraizara e onde a sombra da árvore que crescia viria a cair.

Não estava sozinho, mas sentado ao lado de uma linda moça com roupa matinal, em cujos olhos havia lágrimas que cintilavam à luz que emitia o fantasma dos Natais Passados.

"A você", ela disse, baixinho, "pouco importa, muito pouco. Outro ídolo tomou o meu lugar e se ele puder te alegrar e confortar em tempos futuros, como eu tentei, não tenho motivos reais para lamentar."

"Qual ídolo tomou seu lugar?", ele perguntou.

"Um ídolo de ouro."

"São assim os caminhos do mundo!", ele disse. "Não existe nada mais difícil que a pobreza e nada que se condene com tanta severidade como a procura da riqueza!"

"Você tem muito medo do mundo", ela respondeu, suavemente. "Todas as suas outras esperanças se limitam à esperança de estar acima da possibilidade de uma sórdida censura. Eu vi suas aspirações mais nobres caírem uma a uma até sua maior paixão, o ganho, tomar conta de você. Não vi?"

"E daí?", ele retorquiu. "Mesmo que eu tenha me tornado tão mais sábio assim, qual o problema? Não mudei no que sinto por você."

Ela sacudiu a cabeça.

"Mudei?"

"Nosso compromisso é antigo. Foi feito quando éramos ambos pobres e contentes com isso, até que, com boas razões, pudéssemos aumentar nossa fortuna material com nosso empenho e paciência. Você *mudou*. Quando nos comprometemos, você era outro homem."

"Eu era um menino", ele disse, impaciente.

"Seus próprios sentimentos lhe dizem que você não era o que é", ela replicou. "Eu sou a mesma. Aquilo que prometia felicidade quando éramos um só coração, agora está envolto em tristeza porque somos dois. Quantas vezes e com quanto empenho pensei sobre isso, nem sei dizer. Mas basta que eu *tenha* pensado nisso e possa liberar você."

"Eu alguma vez quis me liberar?"

"Com palavras, não. Nunca."

"Com o quê, então?"

"Com uma mudança de natureza, com um espírito alterado, com uma outra atmosfera de vida, outra esperança como seu grande objetivo. Em tudo que fez o meu amor ter algum mérito a seus olhos. Se isso nunca tivesse acontecido entre nós", disse a moça, olhando com suavidade, mas firme, para ele, "me diga, você me procuraria e tentaria me conquistar agora? Ah, não!"

Ele pareceu ceder à verdade dessa suposição, mesmo contra a vontade. Mas disse, com esforço: "Acho que não".

"Eu pensaria alegremente de outro jeito, se pudesse", ela respondeu, "Deus sabe! Quando *eu* entendi uma verdade como essa, soube o quanto ela deve ser forte e irresistível. Mas se você fosse livre hoje, amanhã, como era ontem, posso eu sequer acreditar que escolheria uma moça sem dote – você que, mesmo em suas confidências com ela, tudo mede pelo ganho; ou, se a escolhesse, se por um momento traísse o seu princípio guia para isso, não sei eu muito bem que viria em seguida com certeza o arrependimento e o remorso? Eu sei. E libero você. De pleno coração, pelo amor àquele que você foi um dia."

Ele ia falar, mas com o rosto virado para o lado oposto, ela retomou:

"Você talvez venha – e a lembrança do passado me dá certa esperança de que venha, sim – a sofrer por isso. Por um tempo muito, muito breve, e você vai afastar essa lembrança, alegremente, como um sonho infrutífero, do qual felizmente acordou. Seja feliz na vida que escolheu!"

Ela o deixou e se separaram.

"Espírito!", disse Scrooge, "não me mostre mais nada! Me leve para casa. Por que tem prazer em me torturar?"

"Uma sombra mais!", exclamou o fantasma.

"Basta!", Scrooge exclamou. "Basta. Não quero ver. Não me mostre mais nada!"

Mas o fantasma implacável prendeu seus dois braços e o obrigou a observar o que aconteceu em seguida.

Estavam em outra cena e local: uma sala não muito grande ou bonita, mas cheia de conforto. Junto à lareira de inverno, sentava-se uma linda moça, tão parecida com a anterior que Scrooge achou ser a mesma, até que a viu, agora uma agradável matrona, sentada diante da filha. O ruído na sala era absolutamente tumultuoso, pois havia ali mais crianças que a mente agitada de Scrooge conseguia contar e, ao contrário do famoso bando do poema, não eram quarenta crianças se comportando como uma, mas cada criança se comportava como quarenta. A consequência era uma confusão maior do que se possa imaginar, mas ninguém parecia se importar; ao contrário, mãe e filha riam gostosamente, saboreando tudo, e esta última logo começou a participar da brincadeira e logo foi impiedosamente atracada pelos pequenos moleques. O que eu não daria para ser um deles! Embora nunca tenha conseguido ser tão rude, não, não! Nem por toda riqueza do mundo eu teria desfeito e puxado as tranças daquele cabelo, e quanto ao precioso sapatinho, nunca o teria tirado, Deus me proteja!, nem para salvar minha vida. Quanto a medir sua cintura de brincadeira, como fez aquele jovem bando, eu não conseguiria e podia ter certeza de que meu braço ficaria torto por castigo e nunca mais endireitaria. E, no entanto, eu adoraria, admito, ter tocado seus lábios, fazer-lhe uma pergunta para que os abrisse, olhar os cílios dos olhos voltados para baixo e nunca provocar um enrubescimento, soltar as ondas do cabelo, um cacho do qual seria uma lembrança inestimável: em resumo, eu gostaria, confesso, de ter a leveza da liberdade de uma criança e, no entanto, continuar um homem para saber seu valor.

Mas então ouviu-se bater à porta e seguiu-se imediatamente tamanha algazarra que ela, com o rosto sorridente e o vestido em desalinho, no centro de um grupo acalorado e ruidoso, foi até a porta bem a tempo de saudar o pai que voltava para casa ajudado por um homem carregado de brinquedos e presentes de Natal. Que gritaria e luta, que ataque sofreu então o indefeso carregador! Escalar cadeiras como escada para mergulhar em seus bolsos, arrancar dele pacotes de papel pardo, agarrar firme sua gravata, abraçá-lo pelo pescoço, socar suas costas e chutar suas pernas em afeição descontrolada! Com quantos gritos de maravilha e prazer cada desembrulhar era recebido! O aviso terrível de que o bebê tinha sido surpreendido no ato de pôr na boca a frigideira de uma boneca e era mais que suspeito ter engolido um peru fictício, colado a um prato de madeira! O imenso alívio ao descobrir que era um alarme falso! A alegria, a gratidão, o êxtase! Eram todos igualmente indescritíveis. Basta dizer que aos poucos as crianças e suas emoções deixaram a sala e subiram degrau a degrau para o alto da casa, onde foram para a cama e sossegaram.

E então Scrooge olhou mais atento que nunca, quando o chefe da família, com a filha apoiada carinhosamente nele, sentou-se com ela e a mãe em seu lugar diante da lareira. E quando ele pensou que uma tal criatura, tão graciosa e cheia de promessas quanto ela, podia tê-lo chamado de pai e ser uma primavera no áspero inverno de sua vida, ficou com a visão realmente muito turva.

"Belle", disse o marido, ao se voltar para a esposa com um sorriso, "encontrei um velho amigo nosso esta tarde."

"Quem?"

"Adivinhe!"

"Como posso? Ah, já sei", ela acrescentou no mesmo fôlego, rindo junto com ele. "O sr. Scrooge".

"O sr. Scrooge em pessoa. Passei pela janela do escritório dele e como não estava fechada e havia uma vela acesa ali dentro, não podia deixar de vê-lo. Ouvi dizer que o sócio dele está à beira da morte e ele lá estava sentado sozinho. Totalmente sozinho no mundo, acredito."

"Espírito!", Scrooge falou com voz sumida, "me leve embora deste lugar."

"Eu disse que são sombras de coisas que aconteceram," disse o fantasma. "Elas são o que são, não me culpe por isso!"

"Me leve embora!", Scrooge exclamou. "Não posso suportar!"

Virou-se para o fantasma e viu que olhava para seu rosto, no qual, de alguma forma estranha, havia fragmentos de todas as faces que havia lhe mostrado, e lutou com ele.

"Me deixe em paz! Me leve de volta. Não me assombre mais!"

Na luta, se é que se pode chamar assim uma luta em que o fantasma sem nenhuma resistência visível continuava imune aos esforços do adversário, Scrooge observou que a luz dele brilhava alta e forte. E ligando vagamente isso à influência do fantasma sobre ele, agarrou o capuz-extintor e com um gesto súbito o enfiou em sua cabeça.

O espírito sumiu debaixo dele, de forma que o capuz cobriu toda sua forma, porém, embora Scrooge o apertasse com toda força, não conseguia esconder a luz, que saía por baixo dele, numa incontida inundação pelo solo.

Ele tomou consciência da própria exaustão, dominado por uma irresistível sonolência, e, em seguida, de estar em seu próprio quarto. Deu um último aperto no capuz e sua mão relaxou. Mal teve tempo de cair na cama antes de mergulhar em sono profundo.

Terceira estrofe

O segundo dos três espíritos

Ao acordar em meio a um ronco prodigiosamente forte e sentar-se na cama para se concentrar, Scrooge não teve ocasião de ser informado que o sino estava de novo para bater uma hora. Sentiu que acordara no último instante, com o propósito especial de ter uma conferência com o segundo mensageiro enviado a ele pela intervenção de Jacob Marley. Mas vendo que ficaria incomodamente frio quando começasse a pensar qual de suas cortinas esse novo espectro abriria, ele as afastou com as próprias mãos e se deitou de novo, bem alerta para o entorno de sua cama. Porque ele queria desafiar o espírito no momento em que aparecesse e não queria ser pego de surpresa e ficar nervoso.

Cavalheiros de tipo mais relaxado, que se gabam de enfrentar qualquer coisa, a qualquer hora, expressam a ampla gama de sua capacidade de aventura observando que estão prontos para tudo, desde um jogo de cara ou coroa até assassinato – opostos entre os quais, sem dúvida, há uma gama bastante ampla e abrangente de possibilidades. Sem me aventurar a enquadrar Scrooge em nada disso, não me importa afirmar a você que acredito que ele estava pronto para uma boa variedade de aparições estranhas e que nada, desde um bebê até um rinoceronte, o surpreenderia muito.

Ora, preparado para quase tudo, ele não estava absolutamente preparado para nada. E, consequentemente, quando o sino bateu uma hora e não apareceu forma alguma, ele foi tomado por um violento ataque de tremores. Cinco minutos, dez minutos, um quarto de hora se passou e não veio nada. Deitado em sua cama esse tempo todo, ele foi o cerne e o centro de um clarão de luz avermelhada que a banhou quando o relógio proclamou a hora. Sendo apenas luz, era mais alarmante que uma dúzia de fantasmas, visto que ele era incapaz de entender o que significava ou de onde vinha aquilo – chegou a se preocupar que ele próprio pudesse ser naquele momento um caso interessante de combustão espontânea, sem a consolação de ter a certeza. Por fim, no entanto, começou a pensar – como você ou eu teríamos pensado de início, porque é sempre a pessoa que não está em risco que sabe o que deve ser feito e o faria inquestionavelmente – por fim, digo, ele começou a pensar que a fonte e segredo daquela luz fantasmagórica podia ser a sala vizinha, de onde, localizando melhor, ela parecia provir. Como essa ideia dominou totalmente seus pensamentos, ele se levantou devagar e arrastou os chinelos até a porta.

No momento em que a mão de Scrooge tocou a maçaneta, uma voz estranha o chamou pelo nome e mandou que entrasse. Ele obedeceu.

Era seu próprio quarto. Não havia a menor dúvida. Mas tinha passado por uma surpreendente transformação. Das paredes e do teto pendia o verde vivo de folhas, parecendo um perfeito bosque no qual brilhavam por todas partes lustrosas frutinhas vermelhas. As folhas frescas de azevinho, visco e hera refletiam a luz como pequenos espelhos espalhados por ali e na lareira crepitava fogo tão grande como suas duras pedras nunca tinham visto no tempo de Scrooge, nem de Marley, nem por muitos e muitos invernos anteriores. Empilhados no chão para formar uma espécie de trono, havia perus, gansos, coelhos, frangos, pernis, grandes peças de carne, leitões, longas fileiras de salsichas, tortas, pudins de ameixa, tigelas de ostras, castanhas quentes, maçãs vermelhas, laranjas suculentas, peras lustrosas, imensos bolos do dia de Reis, e vaporosas tigelas de ponche que deixavam a sala enevoada com seu delicioso vapor. Confortável no sofá, havia um alegre gigante, glorioso de se ver, com uma tocha acesa em forma de cornucópia e que a mantinha erguida alto, bem alto, para lançar luz sobre Scrooge quando ele entrou espiando pela porta.

"Entre!" exclamou o fantasma. "Entre! Venha me conhecer melhor, rapaz!"

Scrooge entrou timidamente e baixou a cabeça diante do espírito. Não era o Scrooge obstinado de sempre e embora os olhos do espírito fossem límpidos e bondosos, ele não queria encará-lo.

"Sou o fantasma do Natal Presente", disse o espírito. "Olhe para mim!"

Scrooge obedeceu, reverente. Ele estava vestido com um simples camisolão, ou manto, verde, debruado com pele branca. A roupa pendia tão solta em seu corpo que o peito largo ficava nu, como se desdenhasse ser protegido ou escondido por qualquer artifício. Os pés, visíveis debaixo das dobras amplas da roupa, também estavam nus e, na cabeça, não usava nenhuma outra cobertura além de uma coroa de azevinho, ornada aqui e ali com brilhantes pingentes de gelo. O cabelo castanho escuro era comprido, solto, solto como seu rosto cordial, o olho brilhante, a mão aberta, a voz jovial, o porte descontraído e o ar alegre. Atada à cintura havia uma velha bainha, sem espada e o metal antigo roído pela ferrugem.

"Você nunca me viu antes!", exclamou o espírito.

"Nunca", Scrooge respondeu.

"Nunca acompanhou os membros mais novos da minha família, falo (pois eu sou muito jovem) de meus irmãos mais velhos nascidos nestes últimos anos?", prosseguiu o fantasma.

"Eu acho que não", disse Scrooge. "Temo que não. O senhor tem muitos irmãos, espírito?"

"Mais de mil e oitocentos", disse o fantasma.

"Uma tremenda família para sustentar!", Scrooge murmurou.

O fantasma do Natal Presente se levantou.

"Espírito", disse Scrooge, submisso, "me leve aonde quiser. Noite passada fui obrigado a sair e aprendi uma lição que está funcionando agora. Esta noite, se tem alguma coisa para me ensinar, permita que eu aprenda."

"Toque meu manto!"

Scrooge fez o que ele disse e segurou firme.

Azevinho, visco, frutinhas vermelhas, perus, gansos, coelhos, aves, pernis, carne, leitões, salsichas, ostras, tortas, pudins, fruta e ponche, tudo desapareceu instantaneamente. Assim como a sala, o fogo, o refulgir avermelhado, a hora da noite, e então estavam nas ruas da cidade na manhã de Natal, onde (visto que o clima era severo) as pessoas tocavam um tipo de música rústico, mas animado e não desagradável, raspando a neve do pavimento em frente de suas casas e dos beirais de suas casas, o que era um louco prazer para os meninos que viam a neve cair macia na rua abaixo, a se fragmentar em pequenas nevascas artificiais.

As fachadas das casas pareciam bem negras, as janelas ainda mais, contrastando com a lisa camada de neve branca nos telhados e com a neve mais suja do solo, cuja última camada tinha sido marcada com vincos profundos pelas rodas pesadas de carruagens e carroças, vincos que se cruzavam e recruzavam centenas de vezes onde as ruas largas se encontravam, formando intrincados canais, difíceis de acompanhar na grossa lama amarela e na água gelada. O céu estava sombrio e as ruas mais curtas sufocadas por uma esquálida névoa, meio derretida, meio congelada, cujas partículas mais pesadas desciam numa chuva e átomos encardidos, como se todas as chaminés da Grã-Bretanha estivessem, por consenso, acesas e queimando bem para contentamento de todos. Não havia nada alegre no clima ou na cidade e, no entanto, havia em tudo um ar de alegria que nem o dia mais claro e o sol mais brilhante de um dia de verão conseguiria produzir.

Porque as pessoas que limpavam a neve dos telhados eram joviais, cheias de animação, chamando umas às outras dos parapeitos e, de vez em quando, trocando bolas de neve – mísseis mais bem-humorados que muitas brincadeiras com palavras – rindo contentes quando acertavam e não menos contentes quando erravam. As avícolas ainda estavam meio abertas e as quitandas radiantes em sua glória. Havia grandes cestos de castanhas barrigudos, arredondados, com a forma dos sobretudos de alegres cavalheiros idosos, encostados às portas ou cambaleando pela rua em sua apoplética opulência. Havia cebolas espanholas de cara marrom e cintura larga, avermelhadas, brilhando em sua generosa corpulência como frades espanhóis, a piscar de suas estantes com malícia libertina para as moças que passavam e olhavam reservadamente os azevinhos pendurados. Havia peras e maçãs empilhadas em altas pirâmides viçosas; havia cachos de uvas que, por benevolência dos quitandeiros conspícuos, pendiam de ganchos para as pessoas ficarem com água na boca ao passar; havia pilhas de avelãs, marrons, com musgo, fazendo lembrar, com sua fragrância, antigas caminhadas pela floresta, o agradável pisar enfiado até os tornozelos nas folhas secas; havia maçãs vermelhas de Norfolk, generosas, de cor intensa, que realçava o amarelo das laranjas e limões e na grande solidez de suas suculentas pessoas, convidando, pedindo urgentemente para serem levadas para casa em sacos de papel e comidas depois do jantar. Os próprios peixes dourados e prateados, expostos entre essas frutas selecionadas num globo, embora membros de uma espécie fria e sem sangue, pareciam saber que alguma coisa estava acontecendo e, como peixes, rodavam e rodavam em seu pequeno mundo com lenta excitação desapaixonada.

  O armazém, ah! o armazém! quase fechado, com talvez duas portas abertas, ou uma – mas, através dessas aberturas, que visões! Não era apenas o som alegre da balança que oscilava no balcão, ou o barbante e a bobina que se separavam tão depressa, ou as embalagens sacudidas para cima e para baixo como em truques de mágica, ou mesmo a mistura de aromas de chá e café tão agradáveis ao paladar, ou mesmo as passas tão fartas e raras, as amêndoas tão extremamente brancas, os paus de canela tão longos e retos, as especiarias tão deliciosas, as frutas cristalizadas tão glaçadas, com manchas de açúcar derretido que faziam até o mais frio observador ficar tonto e depois irritado. Nem só os figos úmidos e carnudos, ou as ameixas francesas coradas em recatada lascívia em suas caixas muito decoradas, ou tudo tão gostoso de comer e em seus trajes de Natal, mas também os clientes, tão apressados, tão ansiosos com as esperançosas promessas do dia que tropeçavam uns nos outros na porta, suas cestas que se chocavam com ruído, esqueciam as compras em cima do balcão e corriam de volta para buscá-las e cometiam cem pequenos erros, no melhor dos humores, enquanto o dono do armazém e seus funcionários tão francos e dispostos que os corações polidos que usavam para amarrar os aventais atrás podiam ser seus corações de fato, do lado de fora do corpo para inspeção geral e para aves natalinas virem bicar se quisessem.

Mas logo os campanários chamaram toda boa gente para igrejas e capelas e lá foram eles, enchendo as ruas com suas melhores roupas e seus rostos mais alegres. E ao mesmo tempo, das ruas laterais, alamedas e curvas sem nome, inúmeras pessoas emergiam levando suas ceias para assar nas padarias. A visão desses festeiros pobres pareceu muito interessar o espírito que estava ao lado de Scrooge na porta de uma padaria. Ele erguia a cobertura de seus pratos quando passavam e salpicava incenso nos jantares com sua tocha. Era uma tocha muito excepcional pois uma ou duas vezes, quando houve troca de palavras zangadas entre alguns dos portadores de jantar que haviam se chocado, ele despejou da tocha gotas de água em cima deles, restaurando de imediato seu bom humor. Pois diziam que era uma vergonha brigar no dia de Natal. E era verdade! Deus de amor, era verdade!

Os sinos acabaram parando de tocar, as padarias fecharam e mesmo assim havia uma emanação cordial de todos esses jantares que assavam até manchas de neve degelada acima de cada forno aceso, e até nas pedras da calçada que fumegavam como se estivessem cozinhando.

"Isso que o senhor asperge de sua tocha tem algum sabor especial?", Scrooge perguntou.

"Tem, sim. O meu."

"E serve para qualquer tipo de jantar no dia de hoje?", Scrooge perguntou.

"A qualquer um oferecido com bondade. E para o pobre, mais."

"Por que mais para o pobre?", Scrooge perguntou.

"Porque ele precisa mais."

"Espírito", disse Scrooge, depois de pensar um momento, "eu me pergunto por que o senhor, de todos os seres dos muitos mundos à nossa volta, pode desejar comprometer as oportunidades dessa gente ter um divertimento inocente."

"Eu!", exclamou o espírito.

"O senhor os priva dos meios de jantar todo sétimo dia, muitas vezes o único dia em que se pode dizer que jantam de fato", disse Scrooge. "Não?"

"Eu!", exclamou o espírito.

"O senhor procura fechar estes lugares no sétimo dia?", Scrooge perguntou. "E vem a ser a mesma coisa."

"*Eu* procuro!", exclamou o espírito.

"Me desculpe se estou errado. Isso vem sendo feito em seu nome, ou, pelo menos, em nome de sua família", disse Scrooge.

"Existem, nesta nossa terra", retorquiu o espírito, "aqueles que alegam conhecer a nós e que cometem seus atos de paixão, orgulho, má vontade, ódio, inveja, intolerância e egoísmo em nosso nome, que são tão estranhos a nós e a todos os nossos amigos e parentes como se nunca tivessem vivido. Lembre-se disso e acuse a eles dos seus feitos, não a nós."

Scrooge prometeu que faria isso e continuaram, invisíveis, como antes, pelos subúrbios da cidade. Uma notável qualidade do fantasma (que Scrooge observara na padaria), era que, apesar de seu tamanho gigantesco, conseguia se acomodar em qualquer lugar com facilidade e que se punha em pé debaixo de um teto baixo com exatamente a mesma elegância de uma criatura sobrenatural quanto podia fazê-lo em qualquer alto salão.

E talvez fosse o prazer que o bom espírito tinha em exibir esse seu poder, ou talvez fosse sua própria natureza boa, generosa, amável e sua simpatia por todos os pobres homens que o levou diretamente ao funcionário de Scrooge, pois lá foi ele, e levando Scrooge a seu lado, agarrado a seu manto. E no batente da porta o espírito sorriu e parou para abençoar a morada de Bob Cratchit com a aspersão de sua tocha. Imagine só! Bob ganhava apenas quinze xelins (ou "bobs") por semana, ele embolsava no sábado apenas quinze cópias de seu próprio nome de batismo e, no entanto, o fantasma do Natal Presente abençoou sua casa de quatro cômodos!

Então apareceu a sra. Cratchit, esposa de Cratchit, bem arrumada em um vestido já reformado, porém cheio de laços que são baratos e ficam vistosos por seis pence. Ela estendeu a toalha ajudada por Belinda Cratchit, a segunda de suas filhas, também cheia de laços, enquanto o jovem Peter Cratchit enfiava o garfo na panela de batatas a morder as pontas do colarinho da monstruosa camisa branca (propriedade particular de Bob, emprestada a seu filho e herdeiro em honra do dia), alegre por se ver vestido com tamanha elegância e ansioso para exibir sua roupa no parque da moda. Então os dois Cratchit menores, menino e menina, entraram correndo, gritando que na frente da padaria tinham sentido o cheiro do ganso e sabiam que era o deles. Alimentando luxuriosos pensamentos de sálvia e cebola, esses jovens Cratchits dançaram em torno da mesa e exaltaram aos céus o jovem Peter Cratchit, enquanto ele (nada orgulhoso, apesar do colarinho quase o sufocar) apagava o fogo, e as batatas lentas borbulhantes batiam ruidosamente na tampa da panela querendo sair e ser descascadas.

"Por que será que seu precioso pai está atrasado?", perguntou a sra. Cratchit. "E seu irmão, Tiny Tim! E Martha não atrasou assim meia hora no Natal passado?"

"Martha chegou, mãe!", disse uma moça que apareceu ao ouvir seu nome.

"Martha chegou, mãe!", os dois jovens Cratchit repetiram. "Oba! Vai ter um ganso e tanto, Martha!"

"Ora, abençoada seja, minha querida, tão atrasada!", disse a sra. Cratchit, e em meio a dúzias de beijos pegou seu xale e gorro, com total dedicação.

"Tivemos muito trabalho para terminar noite passada", respondeu a moça, "e precisamos arrumar tudo hoje de manhã, mãe!"

"Bom, não tem importância, agora que já chegou", disse a sra. Cratchit. "Sente perto da lareira, querida, e se aqueça. Deus te proteja!"

"Não, não! Papai está chegando", gritaram os dois Cratchit menores, que estavam por toda parte ao mesmo tempo. "Se esconda, Martha, se esconda!"

Então, Martha se escondeu e entrou o pequeno Bob, o pai, com pelo menos um metro de cachecol, sem contar a franja, pendurado no corpo, a roupa usada cerzida e escovada para parecer decente, e Tiny Tim montado em seu ombro. Ai! Tiny Tim tinha uma muleta e as pernas sustentadas por um aparelho de ferro!

"Ué, onde está a nossa Martha?", Bob Cratchit exclamou, olhando em torno.

"Ela não vem", disse a sra. Cratchit.

"Não vem!", Bob exclamou com um súbito desânimo, pois tinha trazido Tim a cavalo desde a igreja e chegara em casa cansado. "Não vem para a noite de Natal!"

Martha não gostava de ver seu pai decepcionado, nem mesmo de brincadeira, então saiu antes da hora de trás da porta do armário e correu para os braços dele, enquanto os dois Cratchits mais novos ajudavam Tiny Tim e o levavam à cozinha para ouvir o pudim chiando na forma de cobre.

"E como Tiny Tim se comportou?", perguntou a sra. Cratchit, depois de brincar com Bob por sua credulidade e de Bob ter se fartado de abraçar a filha.

"Um menino de ouro", disse Bob, "E melhor. De alguma forma ele ficava meditativo, sentado sozinho tanto tempo e pensava as coisas mais estranhas que você já ouviu. Na volta para casa, ele me disse que esperava que as pessoas tivessem olhando para ele na igreja, porque é aleijado e seria agradável para elas lembrar, no dia de Natal, quem fazia os mendigos andarem e os cegos enxergarem."

A voz de Bob ficou trêmula ao contar isso e ainda mais trêmula quando disse que Tiny Tim estava crescendo forte e sadio.

Ouviram a sua ativa muletinha a bater no chão e Tiny Tim entrou antes que dissessem uma só palavra, escoltado por seu irmão e sua irmã até seu banco diante da lareira. E enquanto Bob, arregaçando os punhos da camisa – como se, pobre homem, pudessem ficar ainda mais puídos – preparava numa jarra uma mistura de gim e limões, mexia e remexia e punha no suporte para aquecer, o jovem Peter e os dois ubíquos Cratchits mais novos foram buscar o ganso, com o qual logo voltaram em cortejo.

Seguiu-se tal agitação que se poderia pensar que o ganso era a mais rara das aves, um fenômeno emplumado, diante do qual um cisne negro era comum – e, na verdade, era algo bem assim naquela casa. A sra. Cratchit deixou bem quente o molho (preparado com antecedência numa panelinha), o jovem Peter amassou as batatas com incrível vigor, a senhorita Belinda adoçou o suco de maçã, Martha espanou os pratos quentes, Bob levou Tiny Tim para sentar a seu lado num cantinho da mesa, os dois Cratchits menores colocaram as cadeiras para todos – sem esquecer deles mesmos – e, montando guarda em seus postos, enfiaram colheres na boca para não gritar pelo ganso antes de chegar sua vez de se servirem. Por fim, os pratos estavam prontos, e deram as graças. Seguiu-se uma pausa sem ar, enquanto a sra. Cratchit olhava em torno com a faca de trinchar na mão, se preparando para atacar o peito, mas quando o fez, e quando o muito esperado jorro de recheio saiu, um murmúrio deliciado percorreu a mesa e até Tiny Tim, excitado pelos dois Cratchits mais jovens, bateu na mesa com o cabo da faca e tenuemente gritou "Viva!".

Nunca houve um ganso como aquele. Bob disse que não acreditava que ninguém jamais tivesse preparado um ganso como aquele. A maciez e o sabor, o tamanho e o preço, eram temas de admiração generalizada. Acompanhado por suco de maçã e purê de batatas, foi jantar suficiente para toda a família. De fato, como disse a sra. Cratchit, com grande prazer (ao ver uma pequena partícula de osso no prato), nem tinham comido tudo afinal! No entanto, todos comeram o suficiente, os jovens Cratchits principalmente, repletos de sálvia e cebolas até os olhos! Mas então, enquanto a senhorita Belinda trocava os pratos, a sra. Cratchit saiu da sala sozinha – nervosa demais para ter testemunhas – para pegar o pudim e servir.

E se não tivesse cozido o suficiente? E se quebrasse ao desenformar? E se alguém tivesse pulado o muro do quintal e roubado o pudim, enquanto festejavam com o ganso – suposição que deixou lívidos os dois pequenos Cratchits! Imaginaram todo tipo de horror.

Upa! Muito vapor! O pudim saiu da forma de cobre. Um aroma como o de dia de faxina! Era o pano que o envolvia. Um aroma como do restaurante e da doçaria vizinhos um do outro, com a lavanderia uma porta adiante! Aquele era o pudim! Em meio minuto, a sra. Cratchit – acalorada, mas sorrindo, orgulhosa – entrou com o pudim, como uma bola de canhão malhada, tão consistente e firme, flambando em meia dose de conhaque e enfeitado com um azevinho de Natal em cima.

"Ah, que pudim maravilhoso!", disse Bob Cratchit, e, muito calmo, que considerava o maior sucesso da sra. Cratchit desde que se casaram. A sra. Cratchit disse que agora tinha tirado um peso da cabeça, e confessou que tivera dúvidas quanto à quantidade de farinha. Todo mundo tinha algo a dizer a respeito, mas ninguém disse nem pensou que era afinal um pudim pequeno para família tão grande. Seria uma verdadeira heresia dizer tal coisa. Qualquer um dos Cratchit teria enrubescido a tal insinuação.

Terminado por fim o jantar, a mesa retirada, a lareira varrida e o fogo apagado. Saboreada a mistura da jarra e considerada perfeita, puseram à mesa maçãs e laranjas e uma pá de castanhas no fogo. Então toda a família Cratchit se reuniu em torno da lareira, no que Bob Cratchit chamava de um círculo, querendo dizer semicírculo e ao lado de Bob Cratchit encontrava-se a cristaleira da família. Dois copos e um frasco de mostarda sem alça.

Eles, porém, continham a bebida quente tão bem como se fossem cálices de ouro e Bob a serviu com ar sorridente, enquanto as castanhas no fogo estalavam e rachavam, ruidosas. Então, Bob propôs:

"Um feliz Natal a todos nós, meus queridos. Deus nos abençoe!"

Ao que toda a família ecoou.

"Deus abençoe cada um de nós!", disse Tiny Tim, o último de todos.

Estava sentado bem junto do pai em seu banquinho. Bob segurava sua mãozinha magra entre as suas, como se amasse o filho e quisesse conservá-lo a seu lado, abominando que pudesse ser tirado dele.

"Espírito", disse Scrooge com um interesse que nunca sentira antes, "me conte se Tiny Tim vai sobreviver."

"Vejo um lugar vazio", replicou o fantasma, "na pobre lareira, e uma muleta sem dono, cuidadosamente guardada. Se essas sombras continuarem inalteradas pelo futuro, o menino vai morrer."

"Não, não", disse Scrooge. "Ah, não, bom espírito! diga que ele será poupado."

"Se as sombras continuarem inalteradas pelo futuro, nenhum outro da minha espécie", respondeu o fantasma, "encontrará o menino aqui. E então? Se ele tem de morrer, melhor que morra, e diminua o excesso de população."

Scrooge baixou a cabeça ao ouvir suas próprias palavras citadas pelo espírito e foi dominado por arrependimento e dor.

"Homem", disse o fantasma, "se é mesmo um homem no coração, não uma pedra, evite essa tendência perversa até descobrir o que é excesso, e onde se encontra. Você vai querer decidir quais homens devem viver, quais devem morrer? Pode ser que aos olhos do céu você seja menos valoroso e menos digno de viver que milhões iguais ao filho deste pobre homem. Oh, Deus! ouvir o inseto sobre a folha a determinar que há vida demais entre seus famintos irmãos na poeira!"

Scrooge curvou-se à censura do fantasma e, trêmulo, baixou os olhos. Mas os levantou depressa ao ouvir seu nome.

"Sr. Scrooge!", disse Bob. "E agora ao sr. Scrooge, que proporcionou esta festa!"

"Proporcionou de fato!", exclamou a sra. Cratchit, enrubescendo. "Queria que ele estivesse aqui. Eu ia poder dizer poucas e boas para ele festejar e espero que tivesse com bastante apetite para isso."

"Minha querida", disse Bob, "as crianças! É Natal!"

"No dia de Natal se deveria, claro", disse ela, "brindar à saúde de um homem odioso, miserável, duro, insensível como o sr. Scrooge. Você sabe que ele é assim, Robert! Você mais do que ninguém, coitado!"

"Querida", foi a branda resposta de Bob, "é Natal."

"Brindo à saúde dele por você e por este dia", disse a sra. Cratchit, "não por ele. Vida longa para ele! Um feliz Natal e um alegre Ano-Novo! Ele vai ser muito feliz e muito alegre, não tenho a menor dúvida!"

As crianças beberam depois dela. Era o primeiro momento em que não havia animação. Tiny Tim bebeu por último, mas não deu muita importância a isso. Scrooge era o ogro da família. A menção do nome dele lançou à festa uma sombra escura, que não se dissipou durante bons cinco minutos.

Depois que tudo passou, ficaram dez vezes mais alegres que antes, pelo mero alívio de se livrar do ser maligno que era Scrooge. Bob Cratchit contou que tinha em vista uma posição para o jovem Peter, que traria para casa, se a conseguisse, cinco xelins e seis pence semanalmente. Os dois Cratchit mais novos caíram na risada com a ideia de Peter como homem de negócios, e o próprio Peter, do meio de seu colarinho, olhou, pensativo, a lareira, como se estivesse deliberando quais investimentos iria selecionar quando passasse a receber aquela soma incrível. Martha, que era uma pobre aprendiz de chapeleira, contou então a todos o tipo de trabalho que tinha de fazer, quantas horas trabalhava sem interrupção e que pretendia ficar na cama na manhã seguinte para um descanso prolongado, sendo o dia seguinte o feriado que passaria em casa. E também que tinha visto uma condessa e um lorde alguns dias antes e que o lorde "era mais ou menos da altura de Peter", diante do que Peter ergueu o colarinho a tal ponto que você não veria sua cabeça se estivesse lá. Todo esse tempo, as castanhas e jarra circulavam e, por fim, veio uma canção, sobre uma criança perdida na neve, cantada por Tiny Tim que tinha uma voz pequena, mas sensível e cantou de fato muito bem.

Não havia nada a destacar nessa família. Não eram bonitos, não estavam bem vestidos, seus sapatos não eram mais à prova d'água, as roupas eram escassas e Peter devia conhecer, e muito provavelmente conhecia, o interior de uma loja de penhores. Mas eram felizes, gratos, satisfeitos uns com os outros e contentes com a data e quando foram se dissipando e pareciam ainda mais felizes sob as brilhantes cintilações da tocha do espírito ao partirem, Scrooge continuou de olho neles, especialmente em Tiny Tim, até o final.

Nessa altura, estava escurecendo e nevando pesadamente. Scrooge e o espírito seguiram pelas ruas e o brilho dos fogos crepitantes nas cozinhas, salas e em todo tipo de aposento, era maravilhoso. Ali, o tremular das chamas mostrava os preparativos de um aconchegante jantar, com pratos quentes cozendo diante do fogo e pesadas cortinas vermelhas prontas para proteger do frio e do escuro. Todas as crianças da casa saíam correndo na neve para encontrar as irmãs casadas, irmãos, primos, tios, tias e serem os primeiros a saudá-los. Aqui, havia também sombras dos convidados projetadas nas persianas e um grupo de lindas moças, todas encapuzadas e com botas de pele, falando ao mesmo tempo, caminhando, leves, para algum vizinho próximo, onde, ai do homem solteiro que as visse entrar – hábeis feiticeiras que eram, bem o sabiam – refulgindo!

Mas a julgar pelo número de pessoas a caminho de encontros com amigos, podia-se concluir que não havia ninguém em casa para lhes dar boas vindas quando chegassem, em vez disso, todas as casas esperavam companhia e empilharam lenha até quase o alto da lareira. Que benção, como o fantasma exultava! Como desnudava a largura do peito e abria a palma grande, e flutuava, a despejar com mão generosa sua luminosa e inofensiva alegria sobre tudo a seu alcance! Até mesmo o acendedor de lampiões, que corria à frente, pontilhando a rua escura com faíscas de luz, vestido para passar a noite em algum lugar, riu alto quando o espírito passou, embora mal soubesse o acendedor de lampiões que tinha alguma outra companhia além do Natal!

E então, sem uma palavra de alerta do fantasma, estavam num escuro e deserto pântano, onde se espalhavam monstruosas massas de rude pedra, como se fosse o cemitério de gigantes e a água se espalhava onde bem entendia, e só era impedida pelo gelo que a mantinha prisioneira, e nada crescia além de musgo, tojo e áspera grama dura. O sol que se punha deixara no oeste uma faixa de vermelho fogo, que brilhou por um instante sobre a desolação, como um olho inchado que se fechava mais e mais e mais ainda, até se perder na densa treva da mais escura noite.

"Que lugar é este?", perguntou Scrooge.

"Um lugar onde vivem mineiros, que trabalham nas entranhas da terra", respondeu o espírito. "Mas eles me conhecem. Veja!"

Na janela de uma cabana, brilhava uma luz e rapidamente eles avançaram para ela. Atravessaram a parede de barro e pedra e encontraram um grupo alegre reunido em torno de um fogo brilhante. Um homem e uma mulher muito, muito velhos, com seus filhos e os filhos de seus filhos, e outra geração ainda além deles, todos alegremente vestidos com roupa de domingo. O velho, com uma voz que raramente soava mais alto que o uivar do vento na vastidão deserta, cantava uma canção de Natal – já era uma canção muito antiga quando ele era menino – e de quando em quando todos se juntavam em coro. E claro que, quando eles alteavam as vozes, o velho cantava jovial, alto – e quando paravam seu vigor diminuía outra vez.

O espírito não se deteve ali, mas mandou que Scrooge agarrasse seu manto e, passando por cima do pântano, voou... para onde? Para o mar? Para o mar. Para horror de Scrooge, ao olhar para trás, ele viu o fim da terra e uma terrível cadeia de rochedos. E seus ouvidos ensurdeceram com o troar da água, que rolava, rugia e roncava entre as terríveis cavernas que havia aberto, tentando ferozmente solapar a terra.

Construído num desolado recife de pedras submersas, a uma légua e tanto da costa, nas quais as águas se agitavam e batiam durante o ano todo, erguia-se um farol solitário. Em sua base, havia grandes pilhas de algas, e aves marinhas – nascidas do vento como se podia supor, assim como as algas da água – subiam e desciam sobre elas, como as ondas que as banhavam.

Mas ali, dois homens que vigiavam a luz tinham acendido o fogo que, através da janela redonda na grossa parede de pedra, emitia um raio de luminosidade sobre o mar terrível. Juntando as mãos calosas sobre a mesa rústica a que estavam sentados, desejaram um ao outro um feliz Natal com sua lata de grogue. E um deles, o mais velho, com o rosto todo acabado e marcado pelo mau tempo, como deve ser a figura de proa de um navio, ergueu a voz numa vigorosa canção que era ela própria como uma rajada de vento.

Mais uma vez o fantasma seguiu em frente, por cima do mar negro e agitado – à frente, à frente – até, muito longe de qualquer costa, como disse a Scrooge, pousarem num navio. Pararam junto ao timoneiro no leme, o vigia na proa, os oficiais que mantinham vigília, figuras escuras em suas várias posições, mas cada um daqueles homens murmurava entre eles uma canção de Natal, ou tinha um pensamento natalino, ou falava baixinho com seu companheiro sobre algum Natal passado, com domésticas esperanças de fazer parte dele. E cada homem a bordo, acordado ou dormindo, bom ou mau, dissera aos outros nesse dia uma palavra mais gentil que em qualquer outro dia do ano, e compartilhara de alguma forma suas festividades, e lembrara dos entes queridos e distantes, sabendo que também se lembravam dele.

Foi uma grande surpresa para Scrooge, enquanto ouvia o gemido do vento e pensava que coisa solene era se deslocar pela escura solidão de um abismo desconhecido, cujas profundezas eram secretas como a morte, foi uma grande surpresa para Scrooge nesse ínterim, ouvir uma gostosa gargalhada. Surpresa ainda maior para Scrooge foi reconhecê-la como de seu próprio sobrinho e ver-se numa sala clara, seca, iluminada, com o espírito sorridente parado a seu lado, olhando esse mesmo sobrinho com aprovação e afabilidade!

"Ha, ha!", riu o sobrinho de Scrooge. "Ha, ha, ha!"

Se acontecer, por alguma improvável possibilidade de você conhecer um homem mais abençoado com uma risada do que o sobrinho de Scrooge, tudo o que posso dizer é que gostaria de conhecê-lo também. Me apresente e cultivarei amizade com ele.

É um ajuste de contas equilibrado, justo, nobre que, no caso de infecção por doença ou tristeza, nada exista no mundo mais irresistivelmente contagioso do que o riso e o bom humor. Quando o sobrinho de Scrooge riu dessa maneira, segurando a barriga, rodando a cabeça e fazendo com o rosto as mais extravagantes contorções, a sobrinha de Scrooge pelo casamento, riu com tanto gosto como ele. E os amigos deles ali reunidos não ficaram atrás e gargalharam com prazer.

"Ha, ha! Ha, ha, ha, ha!"

"Ele disse que o Natal é uma bobagem, palavra!", exclamou o sobrinho de Scrooge. "E ele acredita nisso mesmo!"

"Que vergonha para ele, Fred!", disse a sobrinha de Scrooge, indignada. Benditas sejam essas mulheres, nunca fazem as coisas pela metade. Falam sempre a sério.

Ela era muito bonita, extremamente bonita. Tinha covinhas, um ar surpreso no rosto altivo, a boca pequena e vermelha, que parecia feita para beijar – como, sem dúvida, era beijada –, todo tipo de pequenas pintas no queixo que se dissolviam umas nas outras quando ela ria, e o par de olhos mais ensolarados que jamais se viu no rosto de alguém. Em termos gerais, ela seria o que se chama de provocante, sabe, mas agradável. Ah, perfeitamente agradável.

"Ele é um velho tipo cômico", disse o sobrinho de Scrooge, "essa é a verdade. Não tão agradável como poderia ser. No entanto, as ofensas dele atraem seus próprios castigos e não tenho nada a dizer contra ele."

"Tenho certeza de que ele é muito rico, Fred", insinuou a sobrinha de Scrooge. "Pelo menos é o que você sempre me diz."

"Que o quê, meu bem!", disse o sobrinho de Scrooge. "A riqueza não serve de nada para ele. Ele não faz nenhum bem com ela. Não tem nenhum conforto com ela. Não tem a satisfação de pensar – ha, ha, ha! – que vai acabar NOS beneficiando com ela."

"Não tenho paciência com ele", observaram as irmãs da sobrinha de Scrooge e todas as outras damas expressaram a mesma opinião.

"Ah, eu tenho!", disse o sobrinho de Scrooge. "Tenho pena dele, não consigo ficar bravo com ele nem que quisesse. Quem sofre com os caprichos dele? Ele mesmo, sempre. Olhem, ele põe na cabeça que não gosta de nós e não vem jantar conosco. Resultado? Perde um jantar que não é grande coisa."

"Na verdade, acho que perde um jantar muito bom", interrompeu a sobrinha de Scrooge. Todo mundo concordou e devem ser considerados juízes competentes porque tinham acabado de jantar e, com a sobremesa servida, estavam reunidos em torno da lareira, à luz dos lampiões.

"Bom! Fico contente de saber disso", disse o sobrinho de Scrooge, "porque não ponho muita fé nessas donas de casa jovens. O que *você* acha, Topper?"

Topper estava claramente de olho em uma das irmãs da sobrinha de Scrooge, porque respondeu que um homem solteiro era um pobre desgarrado que não tinha direito a opinar sobre o assunto. Diante do que a irmã da sobrinha de Scrooge – a gordinha com a gola de renda, não a outra com as rosas – ficou toda vermelha.

"Continue, Fred", disse a sobrinha de Scrooge batendo palmas. "Ele nunca termina o que está dizendo! Que sujeito ridículo!"

A sobrinha de Scrooge riu novamente e, como foi impossível evitar o contágio, embora a irmã gordinha tentasse muito, aspirando vinagre aromático, seu exemplo foi seguido por todos.

"Eu só ia dizer", o sobrinho de Scrooge falou, "que o resultado de ele antipatizar conosco e não se divertir conosco é, eu acho, que ele perde alguns momentos agradáveis que não lhe fariam mal nenhum. Tenho certeza de que perde companhias mais agradáveis que as que encontra nos próprios pensamentos, seja em seu velho escritório embolorado, seja em seu apartamento empoeirado. Vou dar a mesma chance a ele todos os anos, ele goste ou não, porque tenho pena dele. Meu tio pode xingar o

Natal até morrer, mas não vai ter como não pensar diferente – é o meu desafio a ele – se descobrir que lá estarei, de bom humor, ano após ano, para dizer: 'Tio Scrooge, como vai?' Se isso ao menos fizer com que ele acabe deixando cinquenta libras para seu pobre funcionário, já será alguma coisa. E acho que ontem eu consegui, ele ficou abalado."

Agora era a vez deles de rir diante da ideia de ele abalar Scrooge. Mas sendo absolutamente cordial e sem se importar muito com o riso deles, porque ririam de qualquer forma, ele os encorajou em sua alegria e passou a garrafa com satisfação.

Depois do chá, um pouco de música. Porque eram uma família musical e sabiam o que estavam fazendo ao cantar uma canção simples ou um ritornelo, posso garantir – principalmente Topper, que era capaz de ressoar como um bom baixo, sem ficar com veias saltadas na testa nem com o rosto vermelho. A sobrinha de Scrooge era muito boa na harpa e, entre outras coisas, tocou uma ária simples (um quase nada que se aprende a assobiar em dois minutos) bem conhecida pela moça que ia buscar Scrooge na escola, como o fantasma dos Natais Passados o fizera lembrar. Quando essa melodia soou, todas as coisas que aquele fantasma havia lhe mostrado lhe voltaram à memória, Scrooge foi se enternecendo e pensou que, se pudesse ter ouvido essa melodia mais vezes, anos atrás, teria cultivado as delicadezas da vida para sua própria felicidade, com suas próprias mãos, sem recorrer à pá do coveiro que enterrou Jacob Marley.

Mas não dedicaram toda a noite à música. Depois de algum tempo, jogaram um jogo de prendas, porque é bom ser criança às vezes e nunca melhor que no Natal, quando seu poderoso fundador era, ele mesmo, criança. Espere! Primeiro houve uma brincadeira de cabra-cega. Claro que houve. E não acredito que Topper estivesse realmente cego assim como não acredito que tivesse olhos nas botas. Minha opinião é de que houve uma combinação entre ele e o sobrinho de Scrooge e que o fantasma do Natal Presente sabia disso. O jeito como iam atrás da irmã gordinha de gola de renda era um insulto à credulidade humana. Se ela derrubava os ferros de lareira, tropeçava nas cadeiras, trombava com o piano, se enrolava na cortina, onde quer que ela fosse, lá estava ele! Ele sempre sabia onde estava a irmã gordinha. Não pegava mais ninguém. Se alguém caía em cima dele (como alguns fizeram) de propósito, ele fingia fazer um esforço para pegar a pessoa que era uma afronta ao entendimento e imediatamente ia na direção da irmã gordinha. Ela gritou muitas vezes que não era justo e de fato não era. Mas quando ele finalmente a pegou, quando, apesar de todo seu farfalhar de seda e rápidas passagens por ele, ele a pegou num canto de onde não podia escapar, então sua conduta foi a mais execrável. Pois fingindo não saber que era ela, fingindo que era preciso tocar o enfeite de seu cabelo e se assegurar de sua identidade pondo certo anel em seu dedo e certa corrente em seu pescoço, foi uma coisa vil, monstruosa! Sem dúvida ela disse o que pensava disso quando, durante outro cabra-cega em exercício, eles ficaram muito confidencialmente juntos, atrás das cortinas.

A sobrinha de Scrooge não tomou parte da brincadeira de cabra-cega, e acomodou-se confortavelmente numa poltrona, com os pés num banquinho, num canto acolhedor, o fantasma e Scrooge logo atrás dela. Mas brincou de prendas e foi admirável com todas as letras do alfabeto. Da mesma forma, no jogo de Como, Quando e Onde, ela foi excelente e, para alegria secreta do sobrinho de Scrooge, venceu suas irmãs, embora elas também fossem garotas inteligentes, como Topper poderia confirmar a você. Devia haver ali umas vinte pessoas, jovens e velhos, mas todos brincaram, e Scrooge também, pois, interessado no que se passava e inteiramente esquecido de que sua voz não fazia som aos ouvidos deles, algumas vezes ele manifestara em voz alta sua adivinhação, e muitas vezes acertou – pois a mais fina agulha, a melhor Whitechapel que garante não cortar a linha em seu furo, não era mais afiada que Scrooge, por mais tapado que ele pretendesse ser.

O fantasma ficou muito satisfeito de vê-lo nesse estado de espírito e olhou-o com tamanho favor que ele implorou como um menino que o deixasse ficar até os convidados irem embora. Mas o espírito disse que isso não poderia ser feito.

"Uma nova brincadeira", disse Scrooge. "Meia hora, espírito, só meia hora!"

Era um jogo de Sim e Não, no qual o sobrinho de Scrooge tinha de pensar em alguma coisa e os outros adivinharem com suas respostas de sim ou não apenas, conforme o caso. A saraivada de perguntas a que foi submetido, obteve dele que se tratava de um animal, um animal vivo que roncava e rosnava às vezes, algumas vezes falava, que vivia em Londres, caminhava pelas ruas e não era exibido nem conduzido por ninguém, não vivia num zoológico e nunca era morto no mercado, não era um cavalo, nem um burro, nem uma vaca, nem um touro, nem um tigre, nem um cachorro, nem um porco, nem um gato, nem um urso. A cada pergunta que lhe era feita, esse sobrinho dava novas gargalhadas e tanta graça lhe fazia que foi obrigado a se levantar do sofá e bater os pés no chão. Por fim, a irmã gordinha, teve um ataque riso semelhante e exclamou:

"Eu descobri! Eu sem o que é, Fred! Sei o que é!"

"O que é?", Fred perguntou.

"É seu tio Scro-o-o-o-oge!"

E era ele de fato. Admiração foi o sentimento geral, embora alguns objetassem que a resposta para "é um urso?" deveria ter sido "sim", uma vez que a resposta negativa tinha sido suficiente para desviar todos os pensamentos do sr. Scrooge, supondo que eles tivessem pensado nisso de alguma forma.

"Ele nos deu muita alegria, com certeza", disse Fred, "e seria ingratidão não beber à sua saúde. Vamos erguer um copo de vinho quente agora e dizer: 'tio Scrooge!'"

"Muito bem! Tio Scrooge!", exclamaram todos.

"Um feliz Natal e bom Ano-Novo para o velho, seja ele como for!", disse o sobrinho de Scrooge. "Ele não aceitaria os votos de mim, mas que receba de qualquer modo. Tio Scrooge!"

Tio Scrooge estava imperceptivelmente tão alegre, de coração tão leve que teria retribuído o brinde à inconsciente companhia e agradecido a eles com um discurso inaudível se o fantasma tivesse lhe dado tempo. Mas toda a cena se desfez com a última palavra dita pelo sobrinho, e ele e o fantasma estavam de novo viajando.

Muitas coisas viram e longe foram, muitos lares visitaram, sempre com um final feliz. O espírito parou ao lado de camas de doentes e eles estavam alegres; em terras estrangeiras e estavam em casa; junto a homens que batalhavam e eles eram pacientes em suas maiores esperanças; junto à pobreza e ela era rica. No asilo, hospital, na cadeia, em todos os refúgios da desgraça, onde o homem orgulhoso em sua miúda e breve autoridade não havia trancado a porta e impedido a entrada do espírito, ele deixou sua benção e ensinou a Scrooge os seus preceitos.

Foi uma longa noite, se é que foi apenas uma noite, porque Scrooge tinha suas dúvidas a respeito, uma vez que o feriado de Natal parecia condensado no espaço de tempo que passaram juntos. E era estranho que embora Scrooge permanecesse inalterado em sua forma exterior, o fantasma ficasse mais velho, claramente mais velho. Scrooge notou essa mudança, mas não disse nada até, ao saírem de uma festa infantil da noite de Reis, olhar para o espírito, parados num espaço aberto, e notar que seu cabelo estava grisalho.

"A vida dos espíritos é assim tão curta?", perguntou Scrooge.

"A minha vida neste globo é muito breve", replicou o fantasma. "Termina esta noite."

"Esta noite!", exclamou Scrooge.

"À meia-noite de hoje. Ouça! O momento se aproxima."

Nesse momento, soava o toque de quinze para meia-noite.

"Perdoe se não tenho o direito de perguntar", disse Scrooge, olhando intensamente o manto do espírito, "mas vejo algo estranho e que não faz parte do senhor, aparecendo de sua roupa. É um pé ou uma garra?"

"Poderia ser uma garra pela carne que tem", foi a triste resposta do espírito. "Olhe só."

Das dobras de seu manto, saíram duas crianças: infelizes, abjetas, assustadas, horrendas, miseráveis. Ajoelharam-se a seus pés, agarrados à parte externa do manto.

"Ah, homem! Olhe aqui. Olhe, olhe aqui em baixo!", exclamou o fantasma.

Eram um menino e uma menina. Amarelos, magros, esfarrapados, curvados, selvagens, mas prostrados em sua humildade. Onde a graciosa juventude devia ter preenchido seus traços e os tocado com suas mais frescas cores, uma mão seca e enrugada, como a da idade, os havia beliscado, retorcido, esfarrapado. Onde anjos deviam estar entronizados, espreitavam diabos a olhar, ameaçadores. Nenhuma transformação, nenhuma degradação, nenhuma perversão da humanidade, em qualquer grau, através de todos os mistérios da maravilhosa criação, tem monstros assim tão horríveis, pavorosos.

Scrooge olhou, estarrecido. Ao vê-los assim expostos, ele tentou dizer que eram lindas crianças, mas as palavras se sufocaram para não participarem de uma mentira de tamanha magnitude.

O sino tocou as doze badaladas.

Scrooge procurou o fantasma e nada viu. Quando o último som parou de vibrar, ele se lembrou do que predissera o velho Jacob Marley e erguendo os olhos, deparou com um fantasma solene, envolto num manto e encapuzado, vindo, como uma neblina, em sua direção.

Quarta estrofe

O último espírito

Lento, grave, silencioso, o fantasma se aproximou. Quando chegou perto dele, Scrooge dobrou um joelho ao chão, pois o próprio ar através do qual esse espírito se deslocava parecia espalhar melancolia e mistério.

Estava envolto num manto de um negro profundo que escondia cabeça, rosto, corpo, sem deixar nada visível a não ser uma mão estendida. Não fosse isso, seria difícil distinguir sua figura da noite e separá-la da escuridão que a envolvia.

Scrooge sentiu que era alto e altivo quando chegou a seu lado e que sua presença misteriosa o enchia de um solene temor. E nada mais soube porque o espírito não falou nem se moveu.

"Estou na presença do fantasma dos Natais Ainda Por Vir?", perguntou Scrooge.

O espírito não respondeu, mas apontou à frente.

"O senhor vai me mostrar as sombras de coisas que não aconteceram, mas acontecerão no tempo adiante de nós", Scrooge prosseguiu. "É isso, espírito?"

A parte superior do manto contraiu as dobras por um instante, como se o espírito inclinasse a cabeça. Foi a única resposta que ele recebeu.

Embora bem acostumado à companhia de fantasmas a essa altura, Scrooge tinha tanto medo daquela forma silenciosa que suas pernas tremiam; descobriu que mal conseguia se pôr de pé ao se preparar para acompanhá-lo. O espírito parou um momento, observou seu estado e deu-lhe tempo para se recuperar.

Mas Scrooge ficou ainda pior diante disso. Um vago e incerto horror o afligia, por saber que atrás do manto escuro havia olhos fantasmagóricos fixos nele, enquanto ele, embora esticasse ao máximo o próprio corpo, nada conseguia ver além da mão espectral de uma grande treva.

"Fantasma do futuro!", exclamou, "sinto mais medo do senhor que de qualquer outro espectro que já vi. Mas como sei que seu propósito é me fazer bem e como espero viver como outro homem, diferente do que eu era, estou preparado para a sua companhia, que aceito com o coração agradecido. Não vai falar comigo?"

Ele não respondeu. A mão apontou para a frente deles.

"Me mostre o caminho!", disse Scrooge. "Mostre! A noite está passando depressa e o tempo é precioso para mim, eu sei. Mostre o caminho, espírito!"

O fantasma foi para o lado de onde tinha vindo até ele. Scrooge acompanhou a sombra de seu manto que, pensou ele, o carregou e levou consigo.

Mal parecia que tinham entrado na cidade, porque a cidade parecia mais ter brotado em torno deles e envolvê-los por si mesma. Mas lá estavam, no coração da cidade, na Bolsa de Valores, entre os homens de negócios que corriam de um lado para o outro, o dinheiro tilintando em seus bolsos, conversavam em grupos, olhavam seus relógios e brincavam pensativos com seus brasões de ouro, de um jeito que Scrooge os tinha visto fazer muitas vezes.

O espírito parou ao lado de um pequeno núcleo de homens de negócios. Scrooge observou a mão que apontava para eles e avançou para ouvir o que diziam.

"Não", disse um homem grande e gordo, com um queixo monstruoso, "não sei muita coisa de um lado ou de outro. Só sei que morreu."

"Quando ele morreu?", perguntou outro.

"Noite passada, acho."

"Nossa, o que aconteceu com ele?", perguntou um terceiro, tomando uma grande quantidade de rapé de uma grande caixa de rapé. "Achei que ele não ia morrer nunca."

"Sabe Deus", disse o primeiro, com um bocejo.

"O que ele fez com o dinheiro que tinha?", perguntou um cavalheiro de cara vermelha com uma excrescência pendente na ponta do nariz, que sacudia como a papada de um peru.

"Eu não soube", disse o homem de queixo grande, bocejando de novo. "Deixou para a companhia dele, talvez. Para *mim* é que não foi. Disso eu sei."

Essa brincadeira foi recebida com riso generalizado.

"Provavelmente vai ser um funeral muito pobre", disse o mesmo homem, "porque, juro mesmo, não sei de ninguém que vá. E se nós juntássemos um grupo de voluntários?"

"Não me importo de ir se tiver almoço", observou o cavalheiro com o pedúnculo no nariz. "Se eu for, tenho de ser alimentado."

Outra risada.

"Bom, sou o mais desinteressado entre vocês todos, afinal", disse o primeiro, "porque nunca uso luvas pretas e nunca almoço. Mas me ofereço para ir, se ninguém mais for. Pensando bem, não tenho certeza se eu não era o seu melhor amigo, porque ele costumava parar e conversar comigo quando a gente se encontrava. Até logo, até logo!"

Interlocutor e ouvintes se separaram e se juntaram a outros grupos. Scrooge conhecia os homens e olhou para o espírito em busca de uma explicação.

O fantasma deslizou pela rua. Seu dedo apontou duas pessoas que se encontravam. Scrooge se pôs a ouvir de novo e pensou que a explicação podia estar ali.

Conhecia perfeitamente bem aqueles homens, eram homens de negócios: muito ricos e de grande importância. Ele sempre fizera questão de gozar de sua estima, isto é, do ponto de vista de negócios, estritamente, do ponto de vista de negócios.

"Como vai?", disse um.

"Como vai?", respondeu o outro.

"Bem!", disse o primeiro. "O velho sovina recebeu o que merecia, hein?"

"Foi o que me disseram", respondeu o segundo. "Frio, não?"

"Normal para a época de Natal. Você não gosta de patinar, não?"

"Não. Não. Tenho mais o que pensar. Bom dia!"

Nem uma palavra mais. Esse era seu encontro, sua conversa, sua despedida.

De início, a tendência de Scrooge foi se surpreender que o espírito atribuísse importância a conversas aparentemente tão triviais, mas tinha certeza de que deveria haver nelas algum propósito oculto, e se pôs a pensar o que poderia ser. Dificilmente teria alguma coisa a ver com a morte de Jacob, seu antigo sócio, porque isso era passado e o âmbito desse fantasma era o futuro. Tampouco conseguia pensar em alguém imediatamente ligado a ele a quem aquilo pudesse se aplicar. Mas, não duvidando em nada que a quem quer que se aplicasse teria alguma moral latente para seu próprio aperfeiçoamento, ele resolveu valorizar cada palavra que tinha ouvido e tudo o que via e observou especialmente a sombra de si mesmo quando ela apareceu. Porque tinha a expectativa de que seu futuro eu fosse lhe dar a pista que faltava e facilitaria a solução desses enigmas.

Nesse mesmo lugar, procurou em torno a sua imagem, mas havia outro homem em seu canto costumeiro e embora o relógio marcasse sua hora de sempre para estar ali, não viu ninguém semelhante a ele mesmo entre as multidões que passavam pelo vestíbulo. Mas isso não o surpreendeu, pois estava revirando na cabeça uma mudança de vida e pensava e esperava que sua ausência fosse fruto disso.

Calado e escuro, a seu lado estava o fantasma, com a mão estendida. Quando saiu de sua divagação, achou, pelo gesto da mão e por sua posição em relação a si próprio, que os olhos invisíveis olhavam fixamente para ele. Isso o fez estremecer e sentir muito frio.

Deixaram a cena agitada e foram para uma parte obscura da cidade, onde Scrooge nunca havia entrado antes, embora conhecesse sua localização e má fama. As ruas eram sujas e estreitas, as lojas e casas, miseráveis, as pessoas, seminuas, bêbadas, desleixadas, feias. Vielas e arcos, como se fossem fossas, vomitavam suas ofensas de fedor, sujeira e vida nas ruas circundantes e todo o quarteirão rescendia a crime, imundície e miséria.

No fundo desse antro de infâmia, projetava-se uma loja rústica, debaixo de uma cobertura, onde se comprava ferro, trapos velhos, garrafas, ossos e vísceras gordurosas. Ali dentro, no chão, pilhas de chaves enferrujadas, pregos, correntes, dobradiças, arquivos, balanças, pesos e ferro velho de todo tipo. Segredos que poucos gostariam de investigar brotavam e se escondiam em montanhas de trapos indizíveis, massas de gordura apodrecida e sepulcros de ossos. Sentado entre os produtos que comerciava, junto a uma estufa de carvão feita de velhos tijolos, estava um velhaco grisalho, de quase setenta anos, que se protegia do frio externo com uma imunda cortina de farrapos pendurados de um varal, fumando seu cachimbo em meio a todo o luxo de um calmo retiro.

Scrooge e o fantasma chegaram à presença desse homem justamente quando entrou na loja uma mulher carregando uma trouxa pesada. Mal tinha ela entrado e outra mulher, igualmente carregada, também entrou, logo seguida por um homem de preto desbotado, que se viu não menos assustado com a presença delas do que elas uma com a outra. Depois de um breve período de perplexidade, de que o velho com cachimbo participou, os três caíram na risada.

"A faxineira é a primeira!", exclamou aquela que havia chegado primeiro. "A lavadeira depois e o homem da funerária por último. Olhe aqui, velho Joe, que bela oportunidade! Se a gente não tivesse se encontrado os três aqui sem querer!"

"Não tinha lugar melhor para vocês se encontrarem", disse o velho Joe, tirando o cachimbo da boca. "Entrem na sala. Você já é de casa faz tempo e os outros dois não são estranhos. Espere até eu fechar a porta da loja. Ah! Como range! Não tem nada mais enferrujado aqui que as dobradiças da porta, eu acho. E com certeza não tem nenhum osso aqui mais velho que os meus. Ha, ha! Nós somos todos bons no que fazemos, combinamos muito bem. Entrem na sala. Entrem na sala."

A sala era o espaço atrás da cortina de trapos. O velho arranjou o fogo com um velho degrau de escada e depois de endireitar o pavio do lampião fumarento (porque já era noite) usando a haste do cachimbo, o pôs na boca de novo.

Enquanto ele fazia isso, a mulher que já havia falado jogou sua trouxa no chão e sentou-se ostensivamente num banquinho, cotovelos cruzados nos joelhos e olhou os outros dois com ar desafiador.

"E então? E então, sra. Dilber?", disse a mulher. "Todo mundo tem o direito de se virar. *Ele* sempre se virou."

"Verdade mesmo!", disse a lavadeira. "Ninguém mais que ele."

"Então não fique aí parada como se estivesse com medo, mulher, quem pode saber? Ninguém aqui vai fazer a caveira do outro, eu acho."

"Não mesmo!", disseram a sra. Dilber e o homem juntos. "A gente espera que não."

"Tudo bem, então!", exclamou a mulher. "Vamos lá. Quem sai perdendo por causa de umas coisinhas que nem estas? Um morto é que não, eu acho."

"Não mesmo", disse a sra. Dilber, rindo.

"Se queria ficar com as coisas depois de morto, o velho unha de fome, por que não foi igual a todo mundo na vida?", continuou a mulher. "Se tivesse sido, alguém ia cuidar dele quando chegou a hora da morte, em vez de dar o último suspiro lá sozinho."

"Tem toda razão", disse a sra. Dilber. "Foi ele mesmo que se condenou."

"Queria que a condenação fosse um pouco mais pesada", replicou a mulher, "e devia ter sido, pode crer, se eu conseguisse ter passado a mão em mais alguma coisa. Abra essa trouxa, velho Joe, e me diga o valor disso aí. Fale com franqueza. Não tenho medo de ser a primeira, nem tenho medo que eles vejam. Todo mundo aqui sabia que os outros também estavam se virando antes da gente se encontrar aqui, eu acho. Não é pecado. Abra a trouxa, Joe."

Mas a galanteria de seus amigos não permitiria isso e o homem de preto desbotado, se adiantou e mostrou o que *ele* tinha saqueado. Não era muita coisa. Um brasão ou dois, um estojo de lápis, um par de abotoaduras e um broche não muito valioso, só isso. Foram severamente avaliados pelo velho Joe, que rabiscou com giz na parede o valor que daria a cada coisa e somou o total quando viu que não havia mais nada.

"Essa é a sua conta", disse Joe, "e não dou nem seis pence a mais, nem que me frite para isso. Quem é a próxima?"

A sra. Dilber era a próxima. Lençóis e toalhas, roupas, duas colheres antigas de prata, duas pinças para cubos de açúcar e umas botas. Sua conta foi feita na parede do mesmo jeito.

"Eu sempre dou demais para as damas. É uma fraqueza minha e é assim que eu vou à falência", disse o velho Joe. "Essa é a sua conta. Se me pedir mais um pence e questionar, eu me arrependo de ser tão generoso e desconto meia coroa."

"E agora abra a *minha* trouxa, Joe", disse a primeira mulher.

Joe se ajoelhou para abrir com mais conforto e depois de desfazer uma porção de nós, puxou para fora um grande e pesado rolo de algum material escuro.

"Como você chama isto aqui?", Joe perguntou. "Cortina de cama?"

"Ah!", retorquiu a mulher, rindo e com o corpo inclinado sobre os braços cruzados. "Cortinas de cama!"

"Não vai me dizer que pegou com argolas e tudo enquanto ele estava lá deitado?", Joe perguntou.

"Peguei", replicou a mulher. "Por que não?"

"Você nasceu para ficar rica", disse Joe, "e vai ficar mesmo."

"Não tenha a menor dúvida de que eu não fecho a mão quando posso pegar alguma coisa só estendendo o braço, por causa de um homem como ele, juro mesmo, Joe", a mulher respondeu friamente. "Não derrame óleo em cima dos cobertores."

"Cobertores dele?", Joe perguntou.

"De quem mais, você acha?", replicou a mulher. "Acho que agora ele não vai mais sentir frio."

"Espero que não tenha morrido de nada contagioso. Hein?", o velho Joe perguntou, interrompendo o trabalho, com um olhar para eles.

"Não precisa ter medo", a mulher respondeu. "Não apreciava tanto assim a companhia dele a ponto de pegar isso aí, se fosse contagioso. Ah! Pode olhar essa camisa até ficar com dor no olho que não vai achar nem um buraco nela, nem um pedaço rustido. Era a melhor que ele tinha e é muito boa mesmo. Ia ficar desperdiçada, se não fosse eu."

"O que você quer dizer com desperdiçar?", o velho Joe perguntou.

"Vestir nele para ser enterrado com ela, claro", a mulher replicou com uma risada. "Alguém fez a bobagem de vestir nele, mas eu peguei de volta. Se pano de algodão não serve para isso, não serve para mais nada. Combina muito bem com o morto. Ele não ia ficar mais feio do que ficava com aquela lá."

Scrooge ouviu esse diálogo e ficou horrorizado. Sentados em grupo em torno desse espólio, na parca luz fornecida pelo lampião do velho, ele os viu com abominação e repulsa, que não podiam ser maiores, a menos que fossem demônios disputando o cadáver em si.

"Ha, ha!", riu a mesma mulher quando o velho tirou um saco de flanela com o dinheiro e contou os diversos valores no chão. "É assim que tudo acaba, está vendo? Ele espantava todo mundo para longe dele quando vivo, para a gente lucrar com ele morto! Ha, ha, ha!"

"Espírito!", disse Scrooge, tremendo dos pés à cabeça. "Eu entendo, entendo. O caso de pobre infeliz poderia ser o meu mesmo. Minha vida tende para esse fim. Misericórdia divina, o que é isso!"

Ele recuou aterrorizado, pois a cena havia mudado e ele agora quase tocava uma cama. Uma cama nua, sem cortinas, na qual, debaixo de um lençol esfarrapado, havia alguma coisa que, embora muda, se anunciava em horrenda linguagem.

O quarto estava escuro, escuro demais para se observar com clareza, embora Scrooge olhasse em torno obedecendo um impulso secreto, ansioso por saber que tipo de quarto era aquele. Uma luz pálida vinda do lado de fora banhava diretamente a cama. Nela, despojado, desolado, abandonado, sem ninguém para chorar por ele, para cuidar dele, estava o corpo desse homem.

Scrooge olhou para o fantasma. Sua mão firme apontou a cabeça. A coberta estava colocada com tamanho descuido que o menor deslizamento, o mover de um dedo da parte de Scrooge, revelaria o rosto. Ele pensou nisso, sentiu como seria fácil fazê-lo e quis fazê-lo, mas não teve força para afastar o véu como não teve para dispensar o espectro a seu lado.

Ah, fria, fria, rígida, horrenda morte, ergue aí o teu altar, orna-o com os terrores que tens sob teu comando, pois este é o teu domínio! Mas da cabeça amada, reverenciada, honrada, não podes mover nem um fio de cabelo para teus abomináveis propósitos, nem tornar odiosos os seus traços. Não é que a mão seja pesada e vá baixar quando solta, nem que o coração e o pulso estejam parados, mas sim que essa mão foi aberta, generosa, fiel, o coração valente, cálido, terno e a pulsação a de um homem. Ataca, sombra, ataca! E vê os seus bons atos brotarem das feridas, para semear o mundo de vida imortal!

Nenhuma voz pronunciou essas palavras no ouvido de Scrooge, no entanto, ele as ouviu quando olhou para a cama. E pensou: se esse homem pudesse se levantar agora, quais seriam seus primeiros pensamentos? Avareza, mesquinharia, apego? Tudo isso, de fato, o levou a um rico fim!

Jazia ele, na casa deserta e escura, sem nem um homem, mulher ou criança para dizer que tinha sido bom nisto ou naquilo, e em memória de uma palavra bondosa serei bom com ele. Um gato arranhava a porta e havia o som de ratos a roer debaixo da pedra da lareira. Scrooge não ousou perguntar o que queriam *eles* no quarto da morte e por que estavam tão inquietos e agitados?

"Espírito!", disse, "é terrível este lugar. Vou embora daqui, não esquecerei a lição, pode acreditar. Vamos!"

Mas o fantasma continuou com o dedo apontado, imóvel, para a cabeça.

"Eu entendo", Scrooge retorquiu, "e olharia, se conseguisse. Mas não tenho essa força, espírito. Não tenho essa força."

Uma vez mais, o fantasma pareceu olhar para ele.

"Se existe na cidade alguma pessoa que sinta emoção pela morte desse homem", disse Scrooge, muito atormentado, "me mostre essa pessoa, espírito, eu suplico!"

O fantasma abriu seu manto escuro diante dele por um momento, como uma asa, e ao removê-lo, revelou uma sala à luz do dia, onde estava uma mãe e uma criança.

Ela esperava alguém com ansiedade, pois andava de um lado para o outro, se sobressaltava a cada som, olhava pela janela, consultava o relógio, tentava, em vão, continuar sua costura e mal conseguia suportar as vozes das crianças a brincar.

Por fim, se ouviu a muito esperada batida na porta. Ela correu para abrir e encontrou seu marido, um homem cujo rosto estava abatido, deprimido, embora ele fosse jovem. Havia uma notável expressão nele agora: uma espécie de prazer sério do qual ele se envergonhava e que se esforçava por expressar.

Sentou-se para o jantar que tinha sido guardado para ele junto ao fogo e quando ela pediu, tenuemente, a notícia (e só depois de um prolongado silêncio), ele pareceu embaraçado para responder.

"É boa?", ela perguntou, "ou má?"

"Má", ele respondeu.

"Estamos totalmente arruinados?"

"Não. Ainda há esperança, Caroline."

"Se *ele* ceder haverá!", ela disse, surpresa. "Nada é maior que a esperança, se um milagre desses acontecer."

"Ele não pode mais ceder", disse o marido. "Ele morreu."

Ela era uma criatura suave e paciente, seu rosto não mentia, mas sentiu gratidão na alma ao ouvir isso e o disse, com as mãos juntas. No momento seguinte, orou pedindo perdão e se entristeceu, mas a emoção de seu peito foi a primeira.

"O que aquela mulher meio bêbada de que falei para você ontem à noite me contou, quando tentei falar com ele e conseguir um prazo de uma semana; o que eu pensei que era só uma desculpa para me evitar, era, afinal, verdade. Ele não estava apenas doente, estava morrendo."

"Para quem vai passar a nossa dívida?"

"Não sei. Mas antes que isso aconteça temos de ter o dinheiro na mão e mesmo que a gente não tenha, será muita má sorte descobrir como sucessor dele alguém tão impiedoso. Hoje podemos dormir com o coração mais leve, Caroline!"

Sim. Apesar de tudo, seus corações estavam mais leves. Os rostos das crianças, calados em torno para ouvir o que pouco entendiam, mas animados e era uma casa mais feliz pela morte desse homem! A única reação que o fantasma podia lhe mostrar, despertada pelo evento, era de prazer.

"Me mostre alguma ternura ligada a uma morte", disse Scrooge, "senão aquele quarto escuro, espírito, de onde acabamos de sair, estará sempre presente para mim."

O fantasma o conduziu por várias ruas conhecidas de seus pés e enquanto avançavam, Scrooge olhava de um lado para o outro a fim de encontrar a si mesmo, mas não estava visível em parte alguma. Entraram na casa do pobre Bob Cratchit, que tinham visitado antes e encontraram a mãe e os filhos sentados em torno da lareira.

Calados. Muito calados. Os ruidosos Cratchits menores imóveis como estátuas num canto, olhando para Peter que tinha um livro à sua frente. A mãe e as filhas ocupadas com a costura. Mas sem dúvida estavam muito caladas!

"'E ele chamou uma criança, a pôs no meio deles.'"

Onde Scrooge tinha ouvido essas palavras? Não tinha sonhado com elas. O menino devia tê-las lido quando ele e o espírito entraram pela porta. Por que não continuou?

A mãe baixou o trabalho na mesa e pôs as mãos no rosto.

"A cor preta machuca meus olhos", ela disse.

A cor preta? Ah, pobre Tiny Tim!

"Agora melhorou", disse a esposa de Cratchit. "Meus olhos ficam fracos com a luz da vela e não quero que seu pai me veja com os olhos fracos quando voltar para casa, por nada deste mundo. Deve estar quase na hora."

"Já passou da hora, na verdade", Peter respondeu e fechou o livro. "Mas acho que, nestas últimas noites, ele tem andando mais devagar do que antes, mãe."

Ficaram muito quietos de novo. Por fim, ela disse com voz firme, alegre, que só fraquejou um momento:

"Me lembro dele andando com... Me lembro dele andando com Tiny Tim no ombro, muito depressa."

"Eu também", exclamou Peter. "Muitas vezes."

"Eu também", exclamou outra. Todos confirmaram.

"Mas ele era muito leve para se carregar", ela retomou, atenta ao trabalho, "e seu pai gostava tanto dele que não era nenhum problema, nenhum problema. Aí está seu pai na porta!"

Ela correu a seu encontro e o pequeno Bob com seu cachecol – ele precisava muito dele, coitado – entrou em casa. Seu chá estava pronto no suporte da lareira e todos competiram para ver quem o servia melhor. Então, os dois Cratchits menores sentaram em seus joelhos e pousaram, cada um a sua pequena face na face dele, como se dissessem: "Não sofra, pai. Não fique triste!".

Bob muito se alegrou com eles e conversou docemente com todos da família. Olhou a costura em cima da mesa e elogiou o empenho e a rapidez da sra. Cratchit e das meninas. Elas iam terminar bem antes do domingo, disse ele.

"Domingo! Então você foi lá hoje, Robert?", perguntou a mulher.

"Fui, meu bem", Bob respondeu. "Queria que você tivesse ido. Teria lhe feito muito bem ver como é aquele lugar. Mas você vai ver sempre. Prometi para ele que eu iria de novo lá todo domingo. Meu filho, meu filhinho!", Bob exclamou. "Meu filhinho!"

Ele caiu em prantos imediatamente. Não pode evitar. Se pudesse prever, ele e seu filho estariam mais afastados do que estavam.

Ele saiu da sala, subiu para o quarto, que estava alegremente iluminado e decorado para o Natal. Havia uma cadeira perto da criança e indícios de que alguém estivera ali há pouco. O pobre Bob sentou-se nela e depois de pensar um pouco e se recompor, beijou o pequeno rosto. Consolou-se com o que tinha acontecido e desceu de volta, bem feliz.

Reuniram-se em torno do fogo e conversaram, as meninas e a mãe ainda trabalhando. Bob contou a elas a excepcional bondade do sobrinho do sr. Scrooge, que ele mal tinha visto uma única vez e que, ao encontrá-lo na rua aquele dia, e vendo que ele estava "um pouco abatido, sabe?", disse Bob, quando ele perguntou o que tinha acontecido para aborrecê-lo. "Então", disse Bob, "como é um cavalheiro muito agradável de se conversar, contei o que aconteceu. 'Eu sinto muito, sr. Cratchit', ele disse, 'e sinto profundamente por sua boa esposa'. E como ele pode saber *disso*, eu não sei dizer."

"Saber o quê, meu bem?"

"Ora, que você é uma boa esposa", replicou Bob.

"Todo mundo sabe disso!", Peter falou.

"Muito bem observado, meu filho!", Bob exclamou. "Espero que sim. 'Sinto profundamente por sua esposa', ele disse. 'Se eu puder ser útil de alguma forma', ele disse e me entregou seu cartão, 'é aqui que eu moro. Por favor, me procure.' Ora, não foi por nada que ele pudesse fazer por nós", Bob exclamou, "mas sim por sua bondade que o contato foi tão agradável. Parecia de fato que ele tinha conhecido nosso Tiny Tim e sofrido conosco."

"Com certeza é uma boa alma!", disse a sra. Cratchit.

"Você teria ainda mais certeza disso, meu bem", retomou Bob, "se encontrasse e conversasse com ele. Eu não ficaria nada surpreso – ouçam bem o que eu digo! – se ele conseguir uma situação melhor para Peter."

"Veja só, Peter", disse a sra. Cratchit.

"E aí", disse uma das moças, "Peter vai encontrar alguém e morar na sua própria casa."

"Não diga isso, não!", Peter retorquiu, sorrindo.

"É muito provável", disse Bob, "um dia desses, embora ainda tenha muito tempo para isso, meu filho. Mas seja quando ou como for, se um dia nos separarmos, tenho certeza de que nenhum de nós vai se esquecer do pobre Tiny Tim – não é? – e desta primeira separação entre nós."

"Nunca, pai!", exclamaram todos.

"E eu sei", disse Bob, "eu sei, meus queridos, que quando nos lembramos como ele era paciente e delicado, mesmo sendo um menino tão, tão pequeno, não vamos nos desentender com facilidade e esquecer de Tiny Tim."

"Não, nunca, pai!", ele todos exclamaram de novo.

"Eu sou muito feliz", disse o pequeno Bob, "sou muito feliz!"

A sra. Cratchit o beijou, as filhas o beijaram, os dois Cratchit mais novos o beijaram e Peter e ele apertaram-se as mãos. Alma de Tiny Tim, tua essência infantil vinha de Deus!

"Espírito", disse Scrooge, "algo me diz que o momento de nossa despedida se aproxima. Eu sei, mas não sei como sei. Me diga quem era o homem que vimos morto?"

O fantasma do Natal Ainda Por Vir o levou, como antes – embora num tempo diferente, pensou ele, pois parecia de fato não haver ordem nestas últimas visões, a não ser que estavam todas no futuro – para o local dos homens de negócios, mas não o mostrou para si mesmo. De fato, o espírito não se deteve para nada, mas prosseguiu, como se para o fim agora desejado, até Scrooge pedir que se detivesse um momento.

"Esta viela", disse Scrooge, "por onde estamos passando depressa, é onde fica a minha residência há já um bom tempo. Vejo a casa. Me deixe ver o que eu serei em dias futuros!"

O espírito parou, a mão apontou para outro lado.

"A casa está lá", Scrooge exclamou. "Por que aponta para longe dela?"

O dedo inexorável não se alterou.

Scrooge correu à janela de seu escritório e olhou para dentro. Ainda era um escritório, mas não o seu. A mobília não era a mesma e a pessoa na cadeira não era ele. O fantasma apontava, como antes.

Ele o acompanhou mais uma vez, a perguntar por que e para onde iam, até chegarem a um portão de ferro. Ele parou para olhar em torno antes de entrar.

Um cemitério de igreja. Ali, então, estava o homem malfadado cujo nome ele ia saber agora, debaixo da terra. Era um lugar de respeito. Murado por casas, coberto de grama e ervas daninhas, a vegetação morta, não viva, sufocada por múltiplos enterros, seu apetite saciado. Um lugar de respeito!

O espírito parou entre os túmulos e apontou para um deles. Scrooge avançou para ele, tremendo. O fantasma continuava exatamente como tinha sido, mas ele temia ver um novo sentido em sua forma solene.

"Antes que eu chegue perto dessa lápide que o senhor aponta", disse Scrooge, "me responda uma pergunta. Essas sombras são do que será, ou sombras do que poderá ser, apenas?"

O fantasma continuou apontando o túmulo ao lado do qual estavam.

"Os procederes do homem prenunciam certos fins aos quais conduzem se ele persevera", disse Scrooge. "Mas se ele se afasta desses procederes os fins mudarão. Diga se é isso que está me mostrando!"

O espírito continuou imutável como sempre.

Scrooge avançou, tremendo e acompanhando o dedo, leu na lápide do túmulo abandonado o seu próprio nome: EBENEZER SCROOGE.

"Sou *eu* aquele homem deitado na cama?", ele exclamou, de joelhos.

O dedo apontou do túmulo para ele e de volta para o túmulo.

"Não, espírito! Ah, não, não!"

O dedo continuava ali.

"Espírito!", ele exclamou, agarrando o manto, "me escute! Não sou mais o homem que eu era. Não serei o homem que deveria ser se não fosse este encontro. Por que me mostra isto, se não tenho nenhuma esperança!"

Pela primeira vez, a mão pareceu tremer.

"Bom espírito", ele continuou, prostrando-se diante dele. "Sua natureza intercede por mim, e tem pena de mim. Garanta que ainda posso mudar essas sombras que me mostrou com uma vida alterada!"

A boa mão tremeu.

"Respeitarei o Natal em meu coração e tentarei celebrar esse dia todos os anos. Eu viverei no passado, no presente e no futuro. Os espíritos de todos três pulsarão dentro de mim. Não vou esquecer as lições que ensinaram. Ah, diga que posso apagar o que está escrito nesta lápide!"

Em sua agonia, ele agarrou a mão espectral. Ela tentou se soltar, mas Scrooge era forte em seu empenho e a deteve. O espírito, mais forte ainda, o repeliu.

Erguendo as mãos numa última prece para reverter seu destino, ele viu uma alteração no capuz e no manto do fantasma. Ele despencou e murchou até se tornar a forma de uma das colunas da cama.

Quinta estrofe

O fim

Sim! E era a coluna da cama dele. A cama era dele, o quarto era dele. O melhor e mais feliz de tudo é que o tempo era seu e podia emendar-se!

"Eu vou viver o passado, o presente e o futuro!", Scrooge repetiu, saindo da cama. "Os espíritos de todos três vão vibrar dentro de mim. Ah, Jacob Marley! que o céu e a época de Natal sejam benditos por tudo! Digo isso de joelhos, velho Jacob, de joelhos!"

Estava tão alvoroçado e ardente em suas boas intenções que sua voz trêmula mal atendia seu chamado. Tinha chorado violentamente em seu conflito com o espírito e seu rosto estava molhado de lágrimas.

"Elas não foram removidas", Scrooge exclamou, abraçando uma das cortinas de sua cama, "não foram removidas com argolas e tudo. Estão aqui – eu estou aqui – as sombras das coisas que seriam podem ser dispersas. Serão. Eu sei que serão!"

Durante esse tempo todo, suas mãos se ocupavam das roupas que virava do avesso, vestia ao contrário, rasgava, perdia, fazia com elas todo tipo de extravagância.

"Não sei o que fazer", exclamou Scrooge, rindo e chorando ao mesmo tempo, transformando-se num verdadeiro Laocoonte com suas meias. "Estou leve como uma pluma, feliz como um anjo, alegre como um menino de escola. Estou tonto como um bêbado. Um feliz Natal para todos! Um bom Ano-Novo para todo mundo. Olá! Opa! Epa!"

Ele tinha pulado para a sala e estava ali parado, completamente sem fôlego.

"Ali está a panela do mingau!", Scrooge exclamou, sobressaltado de novo, e contornando a lareira. "Ali a porta pela qual entrou o fantasma de Jacob Marley! Ali o canto onde sentou o fantasma do Natal Presente! Ali a janela onde vi os espíritos voando! Está tudo certo, é tudo verdade, tudo aconteceu. Ha ha ha!"

Realmente, para um homem que estava sem prática havia tantos anos, foi uma risada esplêndida, uma risada ilustre. O pai de uma longa, longa linhagem de risadas brilhantes!

"Não sei que dia do mês é hoje!", disse Scrooge. "Não sei quanto tempo passei entre os espíritos. Não sei nada. Sou como um bebê. Não importa. Eu não me importo. Prefiro ser um bebê. Alô, alô! Opa!"

Seus transportes foram interrompidos pelas igrejas tocando as badaladas mais deslumbrantes que ele jamais tinha ouvido. Clash, clang, blom; ding, dong, plim. Plim, dong, ding, blom, clang, clash! Oh, glória, glória!

Ele correu para a janela, abriu e olhou para fora. Nada de neblina, nada de névoa; frio claro, limpo, jovial, estimulante; frio, chamando o sangue a dançar; sol dourado; céu azul; doce ar fresco; sinos alegres. Oh, glória! Glória!

"Que dia é hoje?", Scrooge perguntou para um menino em roupas de domingo que parou para olhar para ele.

"Hã?", respondeu o menino, com toda perplexidade.

"Que dia é hoje, meu rapaz?", Scrooge perguntou.

"Hoje!", replicou o menino. "Pois é dia de Natal."

"Dia de Natal!", Scrooge disse a si mesmo. "Não perdi o Natal. Os espíritos fizeram tudo em uma noite. Podem fazer tudo o que quiserem. Claro que podem. Claro que podem. Olhe, rapazinho!"

"Pois não!", o menino respondeu

"Sabe a avícola que fica na segunda rua depois desta, na esquina?", Scrooge perguntou.

"Eu acho que sim", replicou o rapaz.

"Rapaz inteligente!", disse Scrooge. "Menino incrível! Sabe se venderam o peru especial que estava pendurado lá? Não o pequeno, o grande?"

"O quê? Aquele quase do meu tamanho?", o menino perguntou.

"Que rapaz divertido!", disse Scrooge. "É um prazer conversar com ele. Isso mesmo, meu filho!"

"Está lá pendurado", replicou o menino.

"Está?", disse Scrooge. "Vá e compre."

"Está brincando?!", o menino exclamou.

"Não, não", disse Scrooge. "Estou falando sério. Vá, compre e diga para entregarem aqui, que eu dou endereço para onde levar. Volte com o portador e eu te dou um xelim. Volte com ele em menos de cinco minutos e te dou meia coroa!"

O menino saiu correndo como uma flecha. Devia ter a mão firme para a flecha voar tão depressa.

"Vou mandar para Bob Cratchit!", Scrooge sussurrou, esfregando as mãos e se dobrando de rir. "Ele não vai saber quem mandou. É duas vezes maior que Tiny Tim. Ninguém nunca fez uma brincadeira como essa de mandar para Bob!"

A mão com que escreveu o endereço não estava firme, mas ele escreveu, de alguma forma e desceu para abrir a porta da rua, pronto para a chegada do homem da avícola. Parado ali, esperando sua chegada, a aldrava chamou sua atenção.

"Vou te amar até o fim da vida!", Scrooge exclamou, acariciando-a com a mão. "Mal tinha olhado para ela antes. Que expressão honesta tem essa cara! É uma aldrava maravilhosa! – Aí vem o peru! Olá! Como vai? Feliz Natal!"

Era um peru e tanto! Aquela ave não devia nem conseguir ficar sobre as próprias pernas. Elas teriam quebrado em um minuto, como bastões de lacre de cera.

"Ora, é impossível levar até Camden Town", disse Scrooge. "Tem de tomar um táxi."

O riso com que disse isso, o riso com que pagou o peru, o riso com que pagou o táxi, o riso com que recompensou o menino, só foram menores que o riso com que voltou a se sentar, ofegante, em sua cadeira, rindo até chorar.

Barbear-se não era tarefa fácil, porque sua mão continuava a tremer muito e barbear exige atenção, mesmo quando você não dança enquanto se barbeia. Mas mesmo que cortasse fora a ponta do nariz, ele poria um pedaço de esparadrapo em cima e ficaria bem contente.

Vestiu-se com seu melhor traje e, por fim, saiu à rua. As pessoas por essa altura estavam passando, como ele as tinha visto com o fantasma do Natal Presente e, com as mãos atrás das costas, Scrooge olhava cada uma com um sorriso delicioso. Parecia tão irresistivelmente agradável, numa palavra, que três ou quatro sujeitos bem-humorados disseram "Bom dia, senhor! Que tenha um feliz Natal!" E Scrooge disse depois, muitas vezes, que de todos os belos sons que ouvira, aqueles eram os mais belos a seus ouvidos.

Não tinha ido longe quando viu que vinha em sua direção o cavalheiro altivo que entrara em sua contadoria na véspera, e dissera "Scrooge & Marley, acredito?" Sentiu uma pontada no coração ao pensar como esse cavalheiro ia olhar para ele ao se encontrarem, mas sabia que rumo devia tomar e tomou.

"Meu caro senhor", disse Scrooge, apressando o passo e segurou as duas mãos do cavalheiro. "Como vai? Espero que tenho tido um bom resultado ontem. Muita bondade sua. Feliz Natal, para o senhor!"

"Sr. Scrooge?"

"Isso", disse Scrooge. "É o meu nome e temo que não tenha sido agradável com o senhor. Permita que lhe peça perdão. E se tiver a bondade... – então Scrooge sussurrou no ouvido dele.

"Valha-me Deus!", exclamou o cavalheiro, como se tivesse perdido o fôlego. "Meu caro sr. Scrooge, está falando sério?"

"Por favor", disse Scrooge, "nem um pence a menos. Garanto ao senhor que aí estão inclusos muitos pagamentos atrasados. Me faz esse favor?"

"Meu caro senhor", disse o outro, apertando as mãos dele. "Não sei o que dizer diante de tanta generos..."

"Não diga nada, por favor", retorquiu Scrooge. "Venha me ver. Vai me visitar?"

"Vou, sim!", exclamou o velho cavalheiro. E era claro que estava dizendo a verdade.

"Muito obrigado", disse Scrooge. "Fico muito grato ao senhor. Agradeço cinquenta vezes, Deus lhe abençoe!"

Ele foi à igreja, andou pelas ruas, observou as pessoas andando de um lado para o outro, acariciou as cabeças de crianças, falou com mendigos e espiou as cozinhas das casas e as janelas, e descobriu que tudo podia lhe dar prazer. Nunca tinha sonhado que um passeio – que qualquer coisa – pudesse lhe dar tanta alegria. Ao anoitecer, ele tomou o rumo da casa do sobrinho.

Passou pela porta dez vezes, antes de ter a coragem de parar e bater. Mas fez um esforço e bateu.

"Seu patrão está em casa, minha querida?", Scrooge perguntou à moça. Linda moça. Muito.

"Está, sim, senhor."

"Onde ele está, meu bem?", Scrooge perguntou.

"Está na sala, com a patroa. Vou levar o senhor até lá em cima, por favor."

"Muito obrigado. Ele me conhece", disse Scrooge com a mão já na maçaneta da sala de jantar. "Vou entrar aqui, meu bem."

Girou a maçaneta devagar e espiou para dentro, pelo lado da porta. Eles estavam olhando para a mesa (arrumada com grande esmero), pois essas jovens donas de casa são sempre nervosas com essas coisas e gostam de tudo muito certo.

"Fred!", disse Scrooge.

Minha nossa, como sua sobrinha pelo casamento se assustou! Por um momento, Scrooge tinha se esquecido que a vira sentada no canto com o banquinho para os pés, senão jamais teria feito isso, de forma alguma.

"Deus seja louvado!", Fred exclamou. "Quem é esse?"

"Sou eu. Seu tio Scrooge. Vim jantar. Você me recebe, Fred?"

Se o recebia?! Foi uma bênção não sacudir fora o seu braço. Em cinco minutos, ele estava à vontade. Nada podia ser mais agradável. Sua sobrinha parecia a mesma. Assim como Topper quando *ele* entrou. Assim como a irmã gordinha quando *ela* entrou. E assim todos quando entraram. Festa maravilhosa, brincadeiras maravilhosas, maravilhosa unanimidade, ma-ra-vi-lho-sa felicidade.

Mas ele chegou cedo ao escritório na manhã seguinte. Ah, chegou cedo. Se pudesse ao menos chegar primeiro e pegar Bob Cratchit chegando atrasado! Era nisso que estava empenhado.

E o fez, sim, o fez. O relógio bateu nove horas. Nada de Bob. Nove e quinze. Nada de Bob. Ele estava dezoito minutos e meio atrasado. Scrooge sentara-se com a porta bem aberta, para ver quando ele chegasse a seu nicho.

Ele tirou o chapéu antes de abrir a porta, o cachecol também. Num segundo estava em seu banco, com a pena em ação, como se estivesse querendo recuperar as nove horas.

"Olá!", Scrooge grunhiu, com sua voz costumeira, o mais próximo que conseguia arremedar. "O que significa você chegar aqui a essa hora?"

"Eu sinto muito, meu senhor", disse Bob. "*Estou* mesmo atrasado."

"Está?", Scrooge repetiu. "É. Acho que está. Venha cá, por favor."

"É só uma vez por ano, meu senhor", Bob argumentou e saiu do nicho. "Não vai se repetir. Ontem fizemos uma comemoração."

"Então, vou lhe dizer uma coisa, meu amigo", Scrooge falou, "não vou mais tolerar esse tipo de coisa. E portanto", continuou, saltou de seu banco e deu um tal cutucão no colete de Bob que ele cambaleou de volta para o nicho, "portanto vou aumentar seu salário!"

Bob estremeceu e ficou mais perto da régua. Teve uma ideia momentânea de bater com ela em Scrooge, segurá-lo, chamar as pessoas da viela para ajudar e trazer uma camisa de força.

"Feliz Natal, Bob!", disse Scrooge, e não dava para ignorar sua sinceridade, quando bateu nas costas do funcionário. "Um Natal mais feliz, Bob, meu bom amigo, do que todos os que eu te dei em tantos anos! Vou aumentar seu salário e me empenhar em ajudar sua família esforçada. Vamos discutir sua situação esta tarde mesmo, em volta de uma tigela de ponche bem quente,

Bob! Aumente o fogo e compre mais um balde de carvão antes de conseguir dizer um I, Bob Cratchit!"

Scrooge cumpriu sua palavra. Fez tudo o que dissera, e infinitamente mais. E para Tiny Tim, que NÃO morreu, ele foi como um segundo pai. E se tornou um bom amigo, um bom patrão, um bom homem como a boa velha cidade nunca tinha visto, nem nenhuma outra cidade, aldeia, ou condado em todo o bom mundo. Algumas pessoas riram ao ver a mudança dele, mas ele deixou que rissem e não lhes deu atenção, porque sabia que nada acontece neste globo, para o bem, sem que as pessoas deem suas risadas no começo. E sabendo que essas seriam cegas de qualquer forma, achou que elas podiam enrugar os olhos em um sorriso, como faz a doença em formas menos atraentes. Seu próprio coração estava risonho e isso lhe bastava.

Não teve mais contato com espíritos, mas viveu o princípio de total abstinência mesmo depois e sempre se disse dele que sabia respeitar tão bem o Natal como qualquer homem vivo de que se tivesse conhecimento. Que isso possa ser dito em verdade de nós, de todos nós! E também, como observou Tiny Tim, que Deus nos abençoe, a todos nós!

Sobre o autor

CHARLES DICKENS NASCEU EM 1812, na cidade de Landport. Sua família se mudou para Londres, de forma definitiva, em 1822. Passou, junto à sua família, por dificuldades econômicas, tanto que precisou abandonar a escola aos 14 anos para ajudar na renda familiar trabalhando num depósito de graxa na capital inglesa. Charles logo começou a trabalhar na imprensa, como repórter parlamentar, e, a partir de 1833, começa a publicar contos em revistas e jornais locais.

Em 1836, o autor aceita o cargo de editor da revista Bentley's Miscellany e, no ano seguinte, começa a publicar em capítulos o romance *Oliver Twist*. Ainda em 1836, Dickens casa-se com Catherine Hogarth, com quem permanece até 1858. O primeiro dos seus cinco livros com temática natalina, *Uma canção de Natal*, é publicado em 1843. Ele também publicou o livro de viagens *Pictures from Italy* (1846), o semiautobiográfico *David Copperfield* (1849-50), a ficção histórica *A Tale of Two Cities* (1859) e a narrativa em primeira pessoa *Great Expectations* (1860-61), entre outros trabalhos. Charles Dickens morre em junho de 1870 como um dos grandes escritores de língua inglesa.

Coleção Contos de Bolso

Primeiro andar, Mário de Andrade
Demônios, Aluísio Azevedo
Laranja-da-China, Antônio de Alcântara Machado
A mulher e os espelhos, João do Rio
Histórias e sonhos: contos, Lima Barreto
Uma canção de Natal, Charles Dickens
Casa mal-assombrada e outras histórias, Virginia Woolf
As máscaras do destino, Florbela Espanca
A missa do ateu e outras histórias, Honoré de Balzac
A festa no jardim e outras histórias, Katherine Mansfield